스타라이프

스타라이프

1판 1쇄 찍음 2019년 1월 8일
1판 1쇄 펴냄 2019년 1월 14일

지은이 | 정사부
펴낸이 | 정 필
펴낸곳 | 도서출판 뿔미디어

편집장 | 문정흠
기획 · 편집 | 안진수

출판등록 | 2002년 9월 11일 (제081-1-132호)
주소 | 경기도 부천시 원미구 소향로 17번길(두성프라자) 303호 (우) 14544
전화 (032)651-6513 / 팩스 032)651-6094
E-mail | bbulmedia@hanmail.net
비북스 | http://www.b-books.co.kr

값 8,000원

ISBN 979-11-315-9560-2 04810
ISBN 979-11-315-8292-3 04810 (세트)

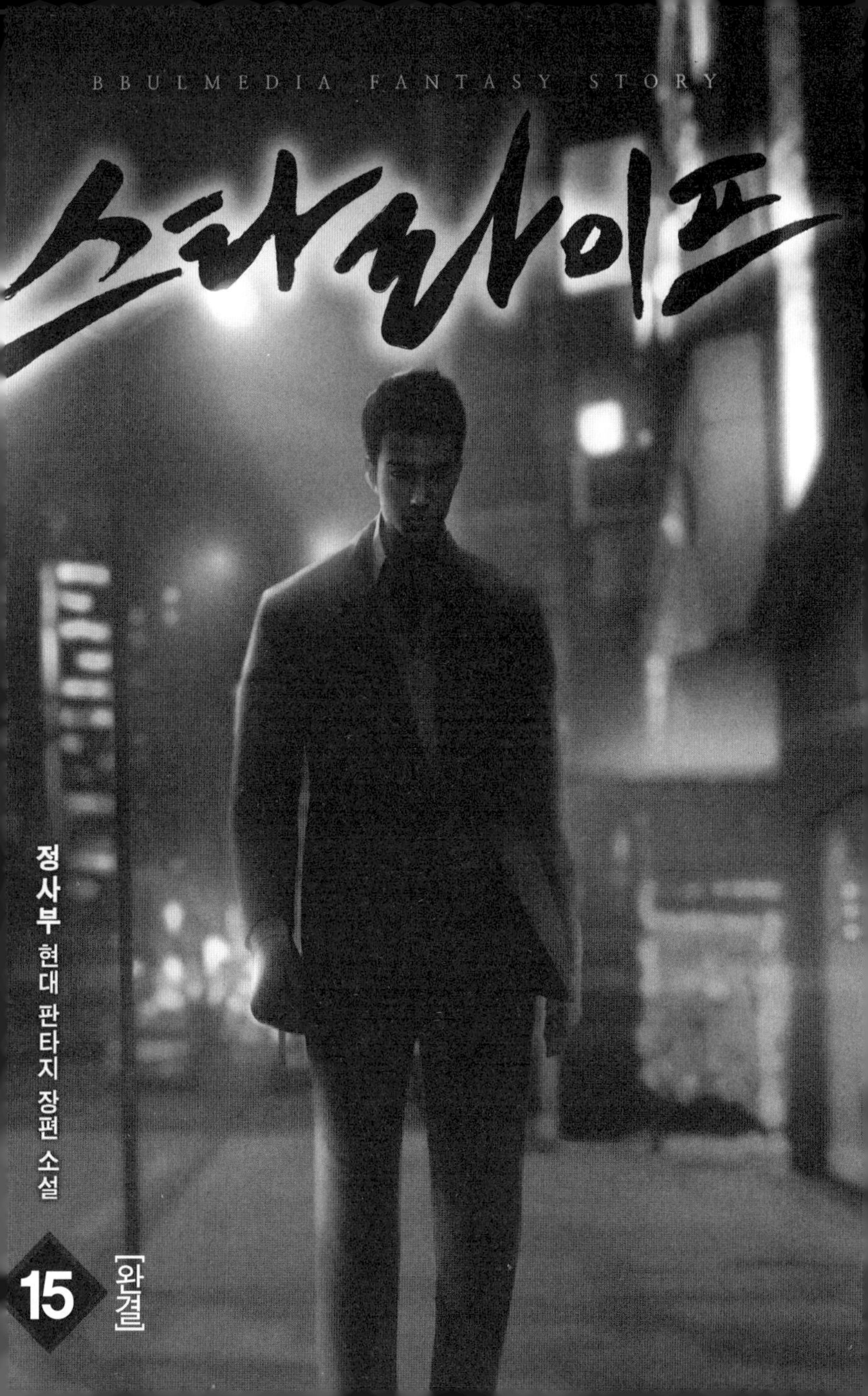
BBULMEDIA FANTASY STORY
정사부 현대 판타지 장편 소설
15
[완결]

CONTENTS

Chapter 1

5년 후

우간다. 아프리카 동쪽의 내륙국으로, 적도 부근에 위치해 있으며 주로 농업에 기초한 시장경제 체제를 갖추고 있다.

1인당 GNP는 세계에서 가장 낮은 수준이고, 주요 농작물로는 카사바, 고구마, 기장, 바나나, 옥수수 등이 있으며 수출용으로는 커피, 차, 목화, 사탕수수 등을 재배한다.

정치적으로는 대통령제를 채택하여 5년 임기의 중임이 가능하다.

우리나라와는 1963년에 외교 관계를 수립했으며, 다음 달 상주 공관을 개설하였다. 또 1983년에는 재 우간다한 인회를 발족하기도 하였고, 1986년에는 의료협력 협정을 체결하고 의료단을 파견하기도 했다.

한때 북한도 우간다와 국교를 수립하고 공관을 개설했었다.

그후, 1964년 단교해 1972년 다시 국교를 재개했지만, 안보리 제재를 받아 공관을 비우게 되었다.

KTV 교양국 김지한 PD는 자신의 촬영 팀, 그리고 시인이자 프로그램의 리포터인 김도향 시인과 우간다를 찾았다.

대한민국에서 우간다까지는 직항로가 없기에 김지한 PD와 촬영 팀은 인천공항을 떠나 홍콩으로, 그리고 다시 홍콩에서 남아프리카 공화국의 케이프타운으로 갔다가 우간다 국적기를 타고 우간다의 수도 캄팔라에 도착을 했다.

예산이 넉넉하다면 직항로가 없어서 경유를 하더라도 이렇게 여러 번 갈아타는 고생을 하지 않고, 아랍에미리트의 두바이만 거치고 우간다에 도착할 수도 있었다.

하지만 예산이 적은 교양국이다 보니 김지한 PD가 맡고 있는 기행 프로그램은 많은 제작비를 확보할 수가 없었고, 어쩔 수 없이 가장 저렴한 항로를 이용해야만 했다.

그러다 보니 여러 번 경유를 해 거의 48시간 만에 촬영지인 우간다의 캄팔라에 도착할 수 있었다.

목적지에 도착을 한 김지한 PD와 촬영 팀은 우선 수도인 캄팔라 시내를 돌며 촬영을 하였다.

캄팔라의 삶과 분위기, 그리고 날씨 등을 촬영하고 이내

스타라이트

우간다, 아니, 아프리카의 명물이라 할 수 있는 유명한 빅토리아 호수를 찾았다.

빅토리아 호수는 아프리카에서 가장 큰 호수이며 세계에서는 두 번째로 넓은 담수호이다.

또한 호수 면적만 6만 9,500제곱킬로미터에 이르고 수산업이 성행하며, 빅토리아 니안자 또는 니안자라고도 불리기도 한다.

그리고 빅토리아 호수는 우간다뿐만 아니라 케냐와 탄자니아도 함께 접하고 있어 마치 우리나라의 화개장터처럼 세 나라가 호수 하나를 공유하고 있다.

그렇게 빅토리아 호수를 촬영하고 나서는 그곳에서 하루를 보냈다.

그리고 나서 북쪽으로 이동해 빅토리아 호수 위에 위치한 교가 호수와 콰니아 호수, 그리고 인근의 마을들을 촬영했다.

이렇게 우간다의 호수들과 농촌의 모습, 그리고 그들의 삶을 촬영하며 백나일강에 이르렀다.

일주일간의 우간다 촬영의 마지막 날, 남수단 국경 인근의 오니고에 도착을 했다.

한참 촬영을 하던 중 카메라 감독인 오창석은 자신의 카메라에 잡힌 한 장면을 보며 고개를 갸웃거렸다.

"왜? 카메라에 문제 있어?"

김지한 PD는 갑자기 촬영을 하다 말고 이상한 표정이 되어 고개를 갸웃거리는 오창석 감독을 보며 물었다.

그도 그럴 것이, 방송국 카메라는 고가의 장비이다.

그렇지만 고가의 장비라도 고장이 나지 않는 것은 아니었고, 이런 아프리카 오지에서 굴리다 보면 문제가 생길 수밖에 없었다.

다만 김지한 PD가 신경을 쓰는 것은 카메라가 고장이 나면 이곳에서는 도저히 고칠 방법이 없다는 것이었다.

"아니… 그런 건 아니고, 저기, 저기 말이야."

"뭔데?"

김지한은 오창석 카메라 감독이 고개도 돌리지 않고 뭔가를 가리키는 것에 소리를 지르며 물었다.

그런 김지한 PD의 물음에 오창석은 자신이 조금 전 본 것을 이야기했다.

"저기, 밭 말이야! 밭을 한 번 봐봐!"

오창석은 급기야 들고 있던 카메라를 놓고 고개를 돌려 김지한 PD를 보며 소리쳤다.

그런 오창석의 모습에 한참 오니고 주변을 둘러보며 마을 주민과 이야기를 하고 있던 김도향 시인이 김지한 PD와 오창석 카메라 감독이 있는 곳으로 다가와 물었다.

"무슨 일 있습니까? 컷 사인도 없이 카메라 촬영을 중단하고……."

약속된 사인도 없이 카메라가 내려가는 것을 보고 다가온 김도향의 물음에 오창석은 아차 했다.

"아, 죄송합니다. 촬영 중에 포착된 것이 있어서……."

오창석은 얼른 김도향 시인에게 사과를 했다.

사인 없이 자신이 일방적으로 촬영을 중단한 것은 명백한 실수였다.

이는 프로그램을 연출하는 PD에게나 카메라에 담기는 출연자에게나 모두 무례를 범한 것이기 때문이다.

"뭔데 우리 오창석 카메라 감독님께서 그런 실수를 한 거야?"

베테랑인 오창석 카메라 감독이 실례란 것을 모르지 않을 텐데도 그런 실수를 한 데는 이유가 있을 것이라 생각한 김도향 시인이 질문을 던졌다.

사실 김도향 시인이 이 기행 프로그램을 한 지도 벌써 10여 년이 되어간다.

그리고 오창석 카메라 감독과의 인연도 같은 시간만큼 쌓였다.

그러니 오창석의 직업 정신을 잘 알고 있는 김도향도 그의 사과를 받고는 더 이상 추궁을 하는 대신 무엇 때문에 그런 실수를 했는지 궁금해진 것이다.

그의 질문에 오창석은 조금 전 촬영 중 김도향 시인의 뒤편으로 보이는 곳에서 아이들과 밭을 일구고 있는 한 인물을 가리켰다.

"저기 밭에서 일하고 있는 사람 보이시죠?"

"응?"

김도향과 김지한 PD는 오창석이 가리킨 방향을 주시했다.

그곳에는 그의 말대로 옥수수인지 사탕수수인지 모를 작물이 심어진 밭이 보였다.

그리고 그곳에서 한참 땀을 흘리며 일을 하고 있는 아이들의 모습이 눈에 들어왔다.

하지만 곧 그들 외에 또 다른 사람이 눈에 띄었다.

그 사람은 여느 아프리카인과는 너무도 다른 모습이었다.

검은 피부의 아프리카인과는 너무 다른 검은 머리에 황토색을 닮은 피부를 가지고 있었다.

마치 자신들처럼 말이다.

"어?"

다른 어른들은 보이지 않고 아시아인으로 보이는 성인 한 명과 20여 명의 아이들이 밭에서 일을 하고 있는 모습이 너무도 이질적으로 보였다.

차라리 밭에서 일을 하고 있는 사람들이 어른들이거나 유일한 어른이 흑인이라면 이상하지 않을 것인데, 유일한 어른이 자신들처럼 아시아인이라는 것이 뭔가 이치에 맞지 않는 것처럼 괴리감을 느끼게 만들었다.

하지만 정작 오창석을 놀라게 한 것은 그것이 아니었다.

"저 사람, 그 사람이랑 닮지 않았어요?"

"누구?"

오창석이 밭에서 일을 하고 있는 사람이 누군가를 닮았다고 말하자, 김지한 PD나 김도향 시인은 그게 누구를 가리키는 것인지 몰라 고개를 갸웃거렸다.

"그 있잖아요. 한국이 낳은 세기의 스타! 세계의 거장 제임스 로렌스 감독이 선택한 아시안 스타!"

오창석은 많은 수식어를 쏟아 내며 두 사람이 누군가를 떠올리게 만들었다.

그리고 그런 오창석의 설명이 통했는지, 김지한 PD와 김도향 시인 두 사람은 순간적으로 머릿속에 떠오른 인물이 있어 동시에 소리쳤다.

"정수현!"

"정수현!"

"네, 마스터 현이오."

오창석은 5년 전 수현이 출연한 TV 드라마 속 배역을 소리쳐 불렀다.

"아!"

"그래, 닮았어!"

김도향과 김지한 PD는 오창석의 설명에 밭에서 일을 하고 있는 유일한 어른인 그를 주시하다 소리쳤다.

"설마 4년 전 그렇게 사라지더니 여기서 아이들과 농사를 짓고 있다는 말인가?"

김지한 PD는 문득 의문이 들었다.

자신들이 닮았다고 하는 정수현은 정말이지 세계가 인정하는 톱스타다.

하지만 그는 4년 전 불의의 사고를 겪은 뒤 갑자기 연예계에서 사라졌다.

그 뒤로 그를 봤다고 하는 사람은 많았지만, 확인을 위해 기자들이 쫓아갔을 때 그의 모습은 물론이고, 그림자도 찾을 수 없었다.

유럽, 아시아, 그리고 중동에서도 그의 모습을 보았다는 사람은 있었지만, 아무도 증거를 내보이진 못했다.

그저 닮은 사람을 보았다는 SNS만 올라왔을 뿐이다.

그러면서 4년 전 아시아인으로서는 최고의 위치까지 오른 톱스타는 시간이 흐르면서 점점 사람들의 기억에서 사라져 갔다.

그가 한순간에 톱스타가 된 것처럼, 너무도 빠른 시간에 정수현은 사람들의 기억에서 멀어진 것이다.

그런 상황에서 김지한 PD와 촬영 팀은 뜻밖의 장소에서 정수현과 비슷한 사람을 보게 되었다.

*　　　*　　　*

수현은 아침 일찍 일어나 사탕수수 농장을 돌아보았다.

그러다 이른 아침부터 마을로 들어오는 차량을 보게 되었다.

구형 레인지로버 두 대가 마을 안으로 들어와 멈춰 섰다.

낙후된 마을에 외부 차량이 등장하는 것은 그리 흔한 일이 아니기에 이른 시각이지만 마을은 차가 들어오기 무섭게 소란스러워졌다.

수현은 그것을 보며 왠지 귀찮은 일이 벌어질 것만 같은 예감에 될 수 있으면 마을 안으로 들어가지 말아야겠다는 생각을 했다.

'오늘은 떨어진 식료품들을 살 생각이었는데… 그건 그렇고, 어디서 온 사람들이지? 일단은 마주쳐도 피곤한 사람들이 아니면 좋겠는데……'

그런 생각을 하기 무섭게 차에 걸린 깃발에 적혀 있는 글자가 그의 눈에 들어왔다.

'KTV 세계를 가다. 역시나……'

오랜만에 본 KTV 로고를 보며 반갑기도 했지만, 한편으로는 자신의 은둔 생활이 힘들어질 것 같은 생각이 들었다.

현재 수현은 외부와의 접촉을 끊고 이곳 우간다의 오지에서 고아들을 데리고 생활하고 있었다.

한때는 세계에서 가장 유명한 톱스타였지만, 현재는 아프리카 오지 마을에서 봉사 활동을 하는 외부인일 뿐이었다.

＊　　　　＊　　　　＊

"저기……."

김지한 PD는 오창석의 말을 듣고 잠시 생각을 하더니 사탕수수 밭으로 다가가 일을 하고 있는 수현에게 말을 걸었다.

하지만 일을 하면서 언제라도 그가 다가오리라 예상한 수현은 말없이 몸을 돌려 사탕수수 밭 안쪽으로 걸어가 버렸다.

"어?"

수현이 자신의 부름을 들었음에도 말도 않고 그냥 돌아선 모습에 김지한 PD는 순간 황당했다.

"맞는 것 같죠?"

언제 다가왔는지 오창석이 달라붙으며 물었다.

"그걸 내가 어떻게 아냐? 불렀는데 말도 않고 가버리더라!"

김지한 PD는 수현의 태도에 좀 화가 나서 괜히 오창석의 질문에 통명스럽게 대답을 했다.

"혹시 네가 착각한 것 아냐?"

스타라이프

그러면서 다른 사람을 수현이라 잘못 본 것은 아닌가 하고 면박을 줬다.

"아냐, 이걸로 오히려 더 확실해졌어!"

김지한은 자신의 타박에도 오히려 희희낙락하는 오창석의 태도에 더 화를 냈다.

"뭐? 뭐가 확실해졌다는 거냐?"

"김 PD님도 정수현이 자신의 초상권을 어떻게 하는지 잘 아시지 않습니까?"

오창석은 예전의 조작 스캔들 사건 이후 수현이 언론을 어떻게 대했는지 이야기를 하며 눈을 반짝였다.

"아, 맞아!"

김지한도 그제야 뭔가 생각이 난 것인지 맞장구를 쳤다.

계약되지 않은 상태라면 수현이 언론에 얼마나 까칠한지 그 역시 너무도 잘 알고 있었다.

실제로 그 사건 이후, 허가 없이 사진을 찍은 언론이나 파파라치는 수현과 막대한 피해 보상금을 두고 재판을 해야만 했다.

물론, 그렇다고 수현이 모든 재판에서 이긴 것은 아니었다.

하지만 수현이 자신의 사진을 무단으로 찍어 영리 활동을 했다는 증거가 나온 사진에는 철저하게 재판으로 불이익을 주었기에, 수현이 몇 번 승소 판결을 받고 나서부터는 어느 누구도 수현의 모습을 사진으로 찍어 돈 벌 생각을 하지 못했다.

그리고 이런 수현의 예를 본 다른 스타들마저 이전과 다르게 강경하게 파파라치들을 대하기 시작했다.

개인의 사생활을 무분별하게 촬영해 돈을 버는 파파라치들과의 전쟁이 펼쳐진 것이다.

그 때문에 요즘은 예전처럼 느닷없이 스타들의 개인적인 일상이 언론에 가십으로 나오지 않게 되었다.

만약 사전 협의 없이 촬영한 사진을 상업적으로 이용된 사실이 적발되면 막대한 비용이 오가는 소송에 휩싸일 게 불 보듯 빤했기 때문이다.

물론 수현은 다른 할리우드 스타들이나 팝스타들 이상으로 깐깐하게 구는 것으로 유명했고, 덕분에 연인이던 셀레나 로페즈와 함께 있는 사진도 함부로 올리지 못하는 상황이 벌어졌다.

그러니 지금 오창석이 방금 전 김지한 PD가 까인 것을 보면서 자신들이 본 동양인이 4년 전 돌연 잠적한 톱스타 정수현임을 확신할 수 있던 것이었다.

"히히, 이번 방송은 대박날 겁니다."

오창석은 뭐가 그리 좋은 것인지 덩치에 맞지 않게 야비한 웃음을 지으며 싱글벙글하고 있었다.

"그거 함부로 써먹어도 될까?"

"뭐 어때요. 굳이 저희 카메라에 잡힌 대상이 정수현임을 우리가 알리지 않으면 그만 아닙니까?"

"뭐? 그게 무슨 말이야?"

김지한은 고개를 갸웃거리며 오창석에게 물었다.

아무리 들어도 잘 이해가 가지 않았기 때문이다.

괜히 건드렸다가 역대급으로 손해배상 청구를 받을지도 모르는 일인데, 저리 희희낙락한 모습을 하는 오창석의 모습이 이해가 가지 않았다.

아니, 오히려 자신과 반대의 입장에 놓여 있는 오창석을 보며 머리가 지끈거렸다.

방송을 생각하면 자신이 조금 전 오창석이 보인 모습을 하고 있고, 그런 자신을 오창석이 막아야 하는 입장이 옳았다.

하지만 자신은 혹시나 정수현이 자신의 허가를 받지 않고 촬영했다고 자신이 나온 부분을 삭제하라고 할까 봐 걱정을 하고 있는데, 카메라 감독인 오창석은 어떻게 하면 정수현이 찍힌 부분을 잘 살려 프로그램을 살릴까 고민하고 있는 것이다.

"야, 오 감독."

"네?"

"문제는 없겠지?"

"무슨 문제요? 저희는 그냥 아프리카 오지, 아니, 여기 우간다에서 정식으로 허가를 받고 촬영을 한 것뿐입니다."

"그렇지?"

"그곳에 연예인을 닮은 동양인이 우연히 있었고, 우리는 마을을 촬영하다 우연히 촬영한 것뿐입니다. 그렇지 않습니까?"

"그, 그렇지."

"그럼 된 것 아닙니까?"

"그래. 우리는 우간다 정부에 촬영 허가를 받았고, 여기 촌장에게도 허락을 받은 다음 주변을 촬영한 것뿐이지. 하하하하!"

김지한은 어느새 오창석 카메라 감독의 말에 넘어가 버렸다.

아니, 솔직히 그도 방법만 있다면 우연히 만난 톱스타 정수현을 촬영한 부분을 살리고 싶었다.

하지만 혹시나 모를 소송이 걱정되어 망설이던 것인데, 카메라 감독인 오창석이 핑계를 만들어주었다.

다른 스타도 아니고, 최정상에 빛나던 스타가 갑자기 사라져 버렸다.

그런 상황에서 아주 우연한 기회에 아프리카 오지에서 모습이 포착된 것이다.

만약 이러한 사실이 세간에 알려지게 된다면 이거야말로 해외 토픽감이다.

위기에 처한 아이를 구하고, 대규모 인명 피해가 날 뻔한 테러를 미연에 방지했으며, 테러를 모의한 테러범까지 잡아 세계를 놀라게 한 스타다.

또한 인기 드라마 '시티 오브 가더' 시리즈에서 주인공 못지않은 활약을 했다.

비록 중간에 잠적을 하는 바람에 그의 출연은 시즌 3를 마지막으로 더는 등장하지 않았지만, 시티 오브 가더 시리즈는 아직도 흥행을 이어가고 있다.

뿐만 아니라 세기의 거장 제임스 로렌스 감독의 영화에도 단독 주연으로 출연하고, 동양인으로는 최초로 아카데미 주연상 후보에 오르기도 했다.

물론 안타깝게도 그가 잠적하는 바람에 수상은 하지 못했다.

그래도 아시아인으로서는 최초의 일이라 출신 국인 한국은 물론이고, 정수현을 알고 있는 아시아 모든 국가에서 수현의 이름을 부르며 제발 돌아오라는 말을 할 정도였다.

하지만 TV에서 아무리 팬들이 떠들어도 수현은 하늘로 솟았는지, 땅으로 꺼졌는지 그 어느 곳에서도 발견되지 않았다.

그러자 팬들은 아예 정수현을 찾기 위한 사이트와 카페를 개설해 그를 찾아 나서기까지 했다. 그럼에도 불구하고 정수현의 행방은 오리무중이었다.

게다가 몇몇 사람들이 관심을 끌기 위해 거짓말을 하기 시작하면서 정수현 찾기는 처음과 다르게 열기가 식어 버렸고, 이제 와서는 그를 찾겠다고 나서는 사람은 아무도 없었다.

그런데 천지신명의 점지라도 받았는지 이곳 우간다에서 정수현을 보게 됐다.

그것도 방송용으로 촬영 중인 카메라에 그 모습이 포착된 것이다.

그러니 방송이 나간다면 한국은 물론이고, 전 세계적으로 난리가 날 게 분명했다.

계산을 끝낸 오창석과 김지한 PD는 굳이 수현과 직접적으로 부딪히지 않으면서 간간이 스쳐 지나가듯 수현의 모습을 카메라에 담을 수 있도록 노력했다.

＊　　　　＊　　　　＊

어떻게 슬픈 예감은 단 한 번도 틀리는 법이 없는 것인지, 수현의 부정적인 예상만 틀리는 법이 없는 것인지, 조용한 마을에 KTV 촬영 팀이 왔다 간 지 정확하게 두 달 만에 또다시 외부에서 사람이 들어왔다.

하지만 수현은 이번에는 그 사람을 피하지 않았다.

아니, 피할 수 없었다.

터벅터벅.

새롭게 나타난 사람이 바로 킹덤 엔터의 이재명 사장이었기 때문이다.

5년 전, 계약 기간이 1년이나 남아 있음에도 불구하고 자신의 발전을 위해 먼저 전속 계약 파기를 제안하던 사람이다.

이는 연예계를 부정적으로만 보고 있던 수현에게 동경하던 최유진 외에 긍정적인 인식을 가질 수 있도록, 다시 한번 보게 만든 한 사람이었다.

사실 최유진이야 그런 생각을 가지기 전에 이미 동경을 하던 상대였기에 그럴 수 있었지만, 이재명 사장은 아니었다.

아니, 어쩌면 연예계의 어두운 커넥션의 한 고리인 연예기획사의 사장이란 것 때문에 오히려 암중으로 더 거리를 두던 사람이었다.

그런데 사람 사는 곳에는 역시나 다양한 성격의 사람들이 있고, 연예계 또한 돼먹지 못한 사람만 있는 것은 아니었다.

착취와 협박, 그리고 성상납이란 악의 삼합을 가지고 소속사 연예인을 겁박하던 MK 엔터와 같은 연예 기획사가 있는 반면, 킹덤 엔터는 이와 정반대로 회사와 연예인이 상생하는 기업이었다.

이는 작은 기획사였을 때부터 이재명 사장과 김재원 전무, 그리고 톱스타 최유진이 추구하던 이념이었기 때문이다.

사장인 이재명과 전무로 있는 김재원도 처음부터 이런 회사를 차리겠다고 생각한 것은 아니다.

연예 기획사의 일을 배우면서 자신이 맡은 배우가 부당한 대우를 당하고, 언론사와 방송국, 광고주에게 잘 보이기 위해 나가고 싶지 않은 자리에 억지로 끌려가는 것을 보며, 자신들이 나중에 연예 기획사를 차릴 때는 그런 부분을 배제하고 제대로 된 기획사를 만들겠다는 다짐을 하고 독립해 킹덤 엔터를 세웠다.

그 때문에 킹덤 엔터는 초기에는 많은 어려움을 겪어야 했다.

그도 그럴 것이, 별 볼일 없는 신생 기획사가 연예계의 관행처럼 여겨지는 것들을 무시하고 고개를 바짝 들이미니 밉보일 수밖에 없던 것이다.

그러다 보니 야심차게 기획한 아이돌 그룹은 제대로 날개를 펼쳐 보기도 전에 실패로 끝나고 말았다.

그렇게 아이돌 그룹이 망하고, 멤버들은 각자 자신들의 꿈을 찾아 소속사를 떠났다.

이때도 이재명은 계약 기간이 남아 있음에도 자신의 손으로 키운 멤버들을 위해 조건 없이 놓아주었다.

물론 그렇게 계약을 해지한 멤버들 중에는 다시 잘 풀려 인기를 얻고 다른 기획사에서 스타가 된 사람도 있었지만, 일이 잘 풀리지 않아 악덕 기업에 이리저리 치이다 연예계를 떠난 멤버들도 있었다.

하지만 최유진은 킹덤 엔터에 끝까지 남아 역주행 신화를 일으키며 최고 스타의 자리에 올랐다.

더욱이 최유진은 정말로 엔터테인먼트에 특화된 존재였다.

노래면 노래, 연기면 연기, 거기에 말도 조리 있게 아주 잘해 당시 한창 유행하던 오락 예능인 토크쇼에 출연해 팬들의 마음을 사로잡았다.

그렇게 초심이 흔들릴 뻔한 시기도 있었지만, 킹덤 엔터의 1호 연예인인 최유진이 톱스타의 반열에 들어서자 그 뒤로는 탄탄대로였다.

킹덤 엔터는 이재명과 김재원이 현실과 타협할 수밖에 없다고 흔들리던 시기를 최유진 덕분에 무사히 넘기고 굳건하게 자리를 잡을 수 있게 되었다.

물론 세월이 지나면서 초심이 흔들린 적은 많았다.

회사의 규모가 커지면서 다양한 사람이 들어오고 나가는 과정에서 킹덤 엔터도 여느 한국의 연예 기획사와 비슷해질 뻔했다.

이때 최유진이 나서서 막지 않았다면, 이재명이나 김재원도 돌아올 수 없는 강을 건넜을지도 모르는 일이다.

하지만 강경하게 초심을 고집하는 최유진 때문에 이재명

과 김재원도 두 손을 들고 항복했고, 킹덤 엔터는 초심을 잃지 않고 연예인을 위한 기획사로 남을 수 있었다.

그러자 끝나지 않을 것 같던 위기들이 전화위복이 되어 계약 기간이 끝난 타사 소속 연예인들이 킹덤 엔터의 문을 두드리기 시작했다.

그로 인해 킹덤 엔터는 다시 한 번 회사가 발전하는 계기를 마련할 수 있었다.

그런 과정을 겪었기에 이재명과 김재원은 굳이 욕심을 부려 소속 연예인을 핍박하지 않아도 좋은 인연을 맺어두면, 언젠가는 다시 그 덕이 돌아온다는 것을 경험을 했기에 그 이후로는 무리하게 계약을 진행하지 않았다.

막말로 연예 기획사는 자신들이 무언가를 물건을 만들어 파는 제조업이 아니다.

연예인들이 열심히 일을 해 그 인기로 일감을 받고, 그 연예인이 활동하며 돈을 벌어 수익을 분배 받는 구조다.

쉽게 말해서 인기 스타를 많이 보유할수록 수익이 늘어난다는 소리다.

그런데 만약 강제로 억압과 겁박을 한다면 그 관계가 오래가겠는가. 그렇기에 이재명은 처음 마음먹은 대로 킹덤 엔터를 운영했고, 이사들도 그런 이재명 사장의 회사 운영에 별다른 관여를 하지 않았다.

그들도 이런 이재명 사장의 운영 철학이 회사에 이득이

된다는 것을 눈으로 확인을 했기 때문이다.

그렇기에 수현과 계약 기간이 1년이나 남아 있음에도 불구하고 이재명 사장이나 김재원 전무는 과감하게 수현과 전속 계약을 해지할 수 있었다.

막말로 재계약을 못하더라도 수현을 1년만 데리고 있어도 킹덤 엔터의 수익은 엄청났을 것이다.

실제로 남은 1년 동안 수현의 확정된 스케줄 중 큰 건만 세 개나 되었다.

울프 TV와의 '시티 오브 가더 시즌 3'와 시티 오브 가더의 스핀 오프 영화인 'The Great Master', 그리고 거장 제임스 로렌스 감독의 신작 영화까지.

시티 오브 가더 시즌 3나 스핀 오프 영화인 'The Great Master'의 출연료는 이미 계약이 된 상태로, 아시아 배우 중 최고의 출연료를 받기로 했다.

제임스 로렌스 감독의 영화는 조금 상황이 달랐다.

무슨 이유에서인지 제임스 로렌스 감독은 물론이고, 촬영과 배급을 맡은 위너 브라더스에서 수현을 단독 주연으로 캐스팅하면서 출연료를 다른 인종과 차별을 두지 않았다.

그러면서 할리우드 톱스타의 몸값에 버금가는 액수를 약속했다.

그런데 위너 브라더스의 사장 부르스 위너는 한술 더 떠, 한국식으로 표현하면 러닝 개런티를 계약서에 삽입했다.

이는 워너 브라더스사 주주들의 눈치를 보느라 수현의 인지도에 비해 출연료를 제대로 책정해 주지 못한 것에 대한 보상 차원에서라는 것이 그 이유였다.

수현은 LA 동물원에서 곰 우리에 떨어진 아이를 구한 당시의 인기를 훌쩍 뛰어넘으며 이제는 연기자뿐만 아니라 가수로서 최고의 인기를 끌고 있는 톱스타였다.

뿐만 아니라 테러를 막고 테러범을 잡은 영웅이며, 의회 명예 황금 훈장을 탄 사람이기도 했다.

미국에서 수많은 스타들이 팬들의 사랑을 받지만, 수현만큼 인기 있고 팬들의 사랑을 받는 스타는 드물었다.

그와 비견되는 인기와 인지도를 가진 스타로는 한국에서 '톰 아저씨'란 별칭을 가지고 있는 톰 크로스나, 팝의 황제라 불리던 마이클 존스 정도는 돼야 수현의 인기와 비슷할 정도다.

수현은 아시아인이라는 핸디캡을 극복한 짧은 기간 동안 이미 톰이나 마이클을 능가하는 인기를 얻었다.

물론 그 인기가 전적으로 연기나 노래 실력 때문이라고 말할 수는 없지만, 어찌 됐든 가장 인기 있는 스타라고 하면 누구보다 먼저 떠올리는 것이 바로 '정수현', '마스터현'이라는 이름이다.

그리고 로열 가드의 리더라는 것에 착안한 별명인 '기사단장'이란 별칭으로 부르는 팬들도 많은 만큼 이쪽을 떠올리는 수도 더러 있었다.

이는 한국 팬만 그런 것이 아니라 로열 가드를 좋아하는 팬이라면 한국인이든 외국인이든 불문하고 그렇게 불렀기 때문이다.

즉, 로열 가드의 팬들은 수현을 이름 보단 별명인 기사단장, 드라마 '시티 오브 가더' 시리즈를 먼저 접한 팬들은 드라마 속 캐릭터인 '마스터 현', 그리고 수현의 존재를 기사로 알게 된 나이가 제법 있는 사람들은 그의 이름인 '정수현'이라고 불렀다.

이는 모두 수현 한 사람을 부르는 지칭이었고, 그런 인지도를 모두 합치면 할리우드의 톱스타도 수현을 따라오기 힘들 정도였다.

그럼에도 백인들의 자존심 때문인지, 수현이 영화는 처음이라는 이유를 들먹이며 출연료를 인지도에 맞게 지급하지 않으려 했다.

하지만 부르스 위너는 자신의 외손자를 구해준 은인에게 보은하고 싶었고, 거장 제임스 로렌스 감독이 콕 짚어 수현을 자신의 영화에 주연으로 섭외를 하고 싶다고 말하며 만약 자신의 주장을 받아들이지 않으면 영화를 찍지 않겠다고 했기에 그런 편법을 쓸 수밖에 없었다.

즉, 계약의 러닝 개런티 조항은 부르스 위너 본인의 만족과 제임스 로렌스 감독의 자존심, 그리고 조금 아니꼽긴 하지만 위너 브라더스사 주주들의 요구까지 모두 만족시킨 계약이었다.

아무튼, 이재명 사장은 위너 브라더스가 제시한 출연료는 나중에 기사로 알게 된 것이지만, 어찌 됐든 당시 1년간 수현이란 톱스타를 보유하고만 있어도 킹덤 엔터는 앉은 자리에서 100억 원 가까운 돈을 벌 수 있었다.

하지만 이재명 사장은 그러지 않았다.

수현을 끝까지 붙잡고 있다면, 남은 로열 가드 멤버들과의 관계는 모호해졌을 것이다.

수현을 뒷바라지하는 동안 다른 멤버들은 수현이 모든 스케줄을 끝마칠 때까지 대기해야만 했기 때문이다.

그것은 그것대로 또 손해다. 수현으로 인해 엄청난 돈을 벌 수 있지만, 그동안 다른 멤버들은 리더의 부재로 활동을 하는 데 제한을 받을 수밖에 없다.

이는 기껏 최고의 자리에 올린 보람은 물론이고, 이들을 최고의 자리에 올리기까지 물심양면으로 노력을 아끼지 않은 회사 직원들의 사기에도 문제가 될 수 있었다.

그러니 이재명은 선택을 할 수밖에 없었다.

수현을 붙잡고 편하게 돈을 벌 것인가, 아니면 수현을 놓아주고 어려운 길, 불확실한 미래를 선택할 것인지를 두고 많은 고민을 하였다.

그러고 나서 내린 결론은 수현도 더 큰 무대에서 활약할 수 있고, 다른 멤버들과 킹덤 앤터도 더욱 발전할 수 있는 방향이었다.

그 선택이 잘한 것인지, 올바른 결정을 한 것인지 당시에는 아무도 몰랐다.

다만 그렇게 되었으면 좋겠다는 기대를 가지고 결정을 내렸다.

실재로 그 결정은 신의 한 수가 되었다.

수현이야 이미 성공 가도를 달리고 있는, 아니, 치솟는 로켓과 같이 성장세가 수직 상승하는 중이었다.

리더가 빠진 로열 가드 멤버들은 유닛으로 재구성돼 활동을 시작했다.

물론, 이전 로열 가드였을 때와는 음악의 색깔이 확연하게 달라지며 구성이나 안정감은 조금 떨어졌다.

하지만 반대로 퍼포먼스적으로는 더욱 화려해져 팬들에게 어필했고, 이게 먹혀들어 이전 로열 가드 못지않은 성적을 내고 있었다.

특히 다른 로열 가드 멤버들도 개인의 특기를 살려 활동을 시작하면서 크게 성장했다.

사실 이건 로열 가드 초창기부터 리더인 수현이 멤버들에게 이야기 하던 것이었는데, 나이가 있기 때문에 이전부터 멤버들은 각자 아이돌을 은퇴하면 무엇을 할까 하며 고민을 많이 했다.

그 고민의 끝에 춤이 특기였던 윤호와 성민은 킹덤 엔터의 안무 트레이너로, 예능에 재능이 있던 박정수는 예능 프로그램에서 진행을 맡았다.

그리고 음색이 좋고 보컬로 노래 실력이 좋던 창민과 진운은 보컬 트레이너로 활동을 하고 있으며, 힙합에 관심이 많던 대영과 소웅은 개인적으로 힙합 앨범을 내며 로열 가드 스케줄과 개인 활동을 병행하고 있다.

마지막으로 조원은 요즘 스케줄이 없을 때면 개인 방송을 하며 자신의 인지도를 쌓고 있다.

그러다 보니 막말로 킹덤 엔터는 리더인 수현을 놓아주었지만 전혀 손해를 보지 않았다.

수현을 놓아줌으로써 100억 원이라는 수익이 사라졌지만, 나이트 D, 나이트 G로 활동을 하게 된 멤버들의 활약으로 그 이상의 수익을 냈다.

그런데 승승장구하며 손이 닿지 않는 곳으로 날아갈 것만 같던 수현이 1년 뒤 홀연히 사라질 줄은 어느 누구도 예상하지 못했다.

수현을 앞에 둔 이재명 사장의 마음이 편치 못한 이유였다.

Chapter 2

사고

해도 지고 사위로 깜깜한 어둠이 찾아왔다.

찌르찌르.

문명의 이기라고는 달랑 집 앞에 걸린 LED 전등이 전부
인 낙후된 마을이다.

사실 LED 전등도 수현이 도시로 나가 사 온 것이고, 이
곳 마을에서 찾아볼 수 있는 문명의 이기라고는 촌장의 집
에 있는 낡은 아날로그 무전기와 라디오가 전부일 정도로
외부와 거의 교류가 없는 그런 마을이었다.

그러다 보니 수현이 살고 있는 집이라 해도 다른 전자 제
품을 찾아보기는 힘들었다.

저녁도 먹었겠다, 아이들도 낮에 사탕수수 농장에서 일을 한 것이 피곤한 것인지 벌써 잠이 들어 조용했다.

"이렇게 지내는 건가?"

이재명 사장은 집 앞에 마련된 의자에 앉아 수현에게 물었다.

"⋯⋯."

이재명 사장의 질문에 수현은 아무런 대답이 없었다.

"어떻게 된 거야?"

다시 한 번 질문을 하였다.

수현이 대답을 하지 않자 이재명은 한숨을 내쉬었다.

수현의 행동이 이해되지 않는 것은 아니다. 하지만 그럼에도 나오는 한숨을 막아내기엔 역부족이었다.

시티 오브 가더 시즌 3의 성공과 제작한 영화 두 편 모두 성공을 거두며 최고의 흥행 배우가 된 수현, 연말에는 1년 전부터 사귀던 연인 셀레나 로페즈와 결혼식을 올리며 다시 한 번 세계를 떠들썩하게 만들었다.

그런데 결혼을 한 지 불과 반년도 되지 않았을 때 수현에게 불행이 찾아왔다.

바로 그의 피앙세, 셀레나 로페즈가 교통사고로 사망을 한 것이다.

사고 당시 그녀는 수현의 2세를 잉태하고 있어 소식을 접한 사람들은 그녀의 죽음을 더욱 안타깝게 여겼다.

특히, 뒤늦게 자신의 임신 사실을 알게 된 셀레나는 당시 스케줄 때문에 수현과 함께 있지 못하고 떨어져 있었는데, 기쁜 소식을 직접 알리기 위해 수현을 찾아가다 당한 사고였기에 소식을 접한 이들의 마음을 더욱 아프게 만들었다.

하지만 그 아픔이란 것이 당사자인 수현의 고통만 하겠는가? 졸지에 사랑하는 부인과 자식을 잃은 가장의 애절함은 겪어 보지 못한 사람은 이해할 수 없는 영역이다.

그 때문이었을까? 셀레나의 장례식이 끝나고 며칠 뒤, 수현은 홀연히 사라져 잠적했다.

수현이 그렇게 사라지자 수현의 부모는 그를 찾기 위해 온 힘을 기울였다.

그건 수현의 새로운 소속사도 마찬가지였다.

수현의 소속사가 된 제이미 코퍼레이션 또한 그를 찾기 위해 갖은 노력을 다했지만 끝끝내 행방을 찾을 수 없었다.

급기야 수현의 팬클럽에서는 그의 소재를 알려주는 사람에게 상금을 주겠다면서 포상금을 걸었다.

하지만 소용이 없었다. 수현이 작정을 하고 잠적을 한 것인지, 아니면 누군가에게 납치가 된 것인지 수현의 행적은 오리무중 속을 걷는 듯 전혀 드러나지 않았다.

그러다 보니 항간에는 부인인 셀레나와 그녀의 배 속에 있는 자식을 한꺼번에 잃고 수현이 현실을 비관해 자살했다는 설과 셀레나 로페즈의 교통사고가 단순한 사고가 아니라 계획된 살인이고, 이는 전에 수현이 붙잡은 테러범과 관련이 있다는 억측까지 퍼졌다.

그중에서 가장 빈번하게 언급되는 루머가 바로 테러범과 연관된 소문이었는데, 당시 붙잡힌 테러범들이 속한 테러단체가 수현에게 보복을 하기 위해 셀레나를 죽였다는 소식과 교통사고로 낙심하고 있는 수현을 납치해 죽였다는 이야기가 퍼졌다.

그리고 비슷하지만 조금 다른 방향으로 수현이 영화에서처럼 셀레나와 자식을 죽인 테러 조직에게 복수를 하기 위해 잠적을 했다는 설 등 셀 수 없이 많은 테러범 관련 소문이 우후죽순처럼 등장했다.

도대체 어디로부터 나온 소문인지는 모르겠지만, 그런 소문을 듣게 된 팬들은 그 이야기들이 무척이나 그럴듯하다고 생각했다.

그리고 지금 수현을 찾아온 이재명 또한 그럴 수도 있다는 생각을 가지고 있었다.

수현과 처음 만난 그날을 이재명은 또렷하게 기억하고 있다.

자신을 보면서 뭔가 낮춰 보는 듯한 강렬한 시선, 킹덤 엔터에 오기 전 자신을 습격한 조폭들을 일망타진하고, 더나아가 깡패들에게 사주를 한 MK 엔터에 찾아가 담판을 짓고 왔다는 거침없는 언행.

단순히 깡패 한둘도 아니고 깡패 조직을 혼자서 처리할 정도였기에 당시 아무런 경력도 없는 수현을 톱스타 최유진의 경호원으로 채용을 한 것이다.

그런 수현이었기에 이재명은 혹시나 정말 소문처럼 테러 조직에서 수현에게 보복을 하기 위해 그런 일을 벌였다면, 충분히 소문처럼 수현이 복수를 하기 위해 잠적을 했을 수도 있다고 생각을 하기는 했다.

하지만 생각하는 것과 실제로 실행하는 것은 분명 차이가 있었다.

어느 쪽이 맞는 것인지 모르겠지만, 일단 수년간 톱스타 정수현의 모습은 그 어느 곳에서도 발견되지 않았다.

그런데 아주 우연히 시사 교양 프로를 진행하는 KTV의 방송 화면에 너무 뜻밖에도 아프리카 우간다의 오지 마을에서 수현과 닮은 사람이 나온 것이다.

물론 정식으로 정수현이라고 언급하며 등장하지는 않았지만, 수현을 알고 있는 사람이라면 한눈에 알아볼 수 있을 정도로 닮아 있었다.

더욱이 수현과 몇 년을 함께 동고동락한 전 로열 가드 멤버들이 수현을 알아보지 못할 리도 없었으며, 수현에게 푹 빠져 있던 팬들도 수현이 몇 년 잠적했다고 못 알아볼 정도로 수현의 모습이 크게 변한 것도 아니었다.

그러자 많은 사람들이 KTV 방송국으로 그날 방영된 프

로그램의 촬영 장소가 어디인지 물어보는 문의 전화가 쉴
새 없이 걸려왔다.

킹덤 엔터의 이재명 사장도 로열 가드 팬클럽 회원들에게
서 걸려 온 전화로 상황을 인지하고, 인맥을 동원해 김지한
PD에게 촬영지를 알아냈다.

물론, 김지한 PD는 자신의 입에서 수현의 이야기가 나
간 것이 아니라는 확답을 받고 소재지를 알려주었다.

이는 혹시나 나중에 자신의 모습을 마음대로 방송에 내보
냈다고 수현이 소송을 걸지도 모른다는 생각에 보험 차원에
서 이재명 사장에게 확답을 받아낸 것이었다.

"정말 소문처럼 네 아내의 사고가 누군가에 의해 벌어진
계획된 사고인 거냐?"

이재명은 수현을 보며 조심스럽게 물었다.

"음……."

이번 질문에는 반응이 좀 있었다. 하지만 아직까지 수현
은 입을 굳게 다물고 아무런 말도 하지 않았다.

그러면서 수현은 뭔가를 떠올리는 것인지 깜깜한 어둠 속
을 지그시 쳐다보았다.

*　　　　*　　　　*

많은 사람들이 맵시 나는 옷을 걸치고 환하게 웃으며, 화

려한 꽃잎과 생쌀을 턱시도를 입은 신랑과 웨딩드레스를 입은 신부에게 뿌렸다.

이는 행복하게 잘 살라는 의미를 담은 하객들의 축하 퍼포먼스였다.

하하하하!

하객들이 뿌려 대는 꽃비에 섞여 쏟아지는 쌀을 맞으며 수현과 셀레나는 밝게 웃으며 그 사이를 지나갔다.

"나를 두고… 흥! 잘살아요."

메이링은 행복하게 웃고 있는 수현과 셀레나를 보며 결혼 축하의 말을 건넸다.

"여기까지 와줘서 고마워!"

수현은 한때 연인처럼 지내던 메이링이 자신의 결혼식에 축하를 위해 참석한 것에 감사의 말을 했다.

그리고 메이링을 필두로 그와 인연이 있는 사람들이 하나둘 모여들며 덕담을 하고 떠났다.

그중에는 애인까진 아니더라도 수현과 진한 관계를 맺은 이들도 있고, 그 정도까지는 아니더라도 상당히 가깝게 지낸 인연들도 있었다.

"형! 결혼 축하해요."

전 로열 가드 멤버이자 현 나이트 D의 리더를 맡고 있는 박정수가 다른 멤버들을 대표해 수현에게 결혼 축하 인사를 했다.

"여기까지 와 줘서 고맙다. 그래, 너도 조만간 결혼할 거라면서?"

아이돌 가수이기는 하지만 박정수 또한 이제 20대 후반에 접어들어 결혼을 생각할 나이였다.

실재로 오래전부터 사귀어 오던 여자 친구가 있어 결혼 이야기가 나오는 중이기도 했다.

"네, 은정이도 결혼 언제 할 거냐고 물어 오고… 그래서 조만간 결혼을 하려고요."

"그럼 군대는 결혼하고 가게 되겠네?"

아이돌 활동을 하느라 20대 후반이 될 동안 군대 문제를 해결하지 못한 박정수였다.

물론, 군대를 다녀와서 결혼을 할 수도 있고, 그게 나쁘다는 것도 아니었다. 하지만 이게 참으로 애매한 게 팬들 몰래 연애를 하다 보니 비밀 연애를 할 수밖에 없었고, 그게 벌써 몇 년째다.

그런데 또 군대에서 보낼 2년을 기다려 달라고 하는 것은 연인에게 너무 무리한 요구라 할 수 있었다.

"네, 그러려고요. 그동안 비밀 연애를 하느라 많이 힘들었을 은정이를 위해서라도 결혼을 하고 군대를 가는 것이 우리 둘 모두에게 좋을 것 같아요."

"그래, 나야 연애를 하기 전에 먼저 기사가 터지는 바람에 어쩔 수 없이 공개 연애를 하게 됐지만, 될 수 있으면 결혼식이 있기 전까진 알리지 않는 것이 모두에게 좋을 거야."

수현은 연예인의 공개 연애에 대해 부정적인 입장이었기에 그런 조언을 하였다.

실제로 두 사람이 사랑을 한다는 게 무슨 문제냐고 하겠지만, 그건 이쪽 업계를 잘 모르는 사람이나 할 소리다.

연예인이란 특수한 직업 때문에 연인이 있다는 사실은 연예인 본인이나 연인, 그리고 그 연예인을 좋아하는 팬들에게 좋지 못한 영향을 미친다.

연예인의 팬은 자신이 좋아하는 스타를 보면서 연인을 대하는 것과 비슷한 감정을 느끼게 된다.

그런데 호감을 가지고 있는 스타가 자신이 아닌 다른 특정인을 연인으로 두게 되면 질투를 하게 되고, 때로는 그 감정에 과몰입해 잘못된 선택을 하게 되는 사고가 벌어지기도 한다.

자신들의 연애로 누군가 다치게 됐다는 소식을 듣고도 연애를 이어 나갈 수 있을까. 언제가 될지 몰라도 결국 트러블이 생기기 마련이다.

수현의 충고에 박정수는 고개를 끄덕였다.

"아무리 바빠도 제 결혼식에 와 주실 수 있죠?"

"물론이지, 청첩장 안 보내면 죽을 줄 알아."

"하하, 당연하죠. 형이 와 주시면 최고죠."

박정수는 수현이 나중에 자신의 결혼식에 하객으로 와 준다는 말에 밝게 웃으며 너스레를 떨었다.

그렇게 결혼식이 끝나고 수현은 말리브에 있는 집으로 갔다.

개인 해변이 포함된 850만 달러짜리 호화 주택으로 방의 개수만 열두 개에 따로 부속 건물이 한 채 있는, 저택이라 불러도 될 정도로 넓은 정원까지 갖춘 집이다.

물론 말리브에는 이보다 더 비싼 저택들도 많다.

그리고 수현의 수입 정도면 더욱 넓고 거대한 저택도 충분히 살 수 있었지만, 겨우 두 사람이 지낼 집인데 굳이 더 큰 저택을 구입할 필요가 없을 뿐더러 솔직히 이 저택도 과한 감이 없지 않았다.

하지만 이 집을 소개한 사람이 바로 워너 브라더스의 오너 부르스 워너였고, 또 이곳은 들어오고 싶다고 해서 주택을 바로 구입할 수 있는 곳도 아니었다.

게다가 이젠 아내가 될 셀레나에게 제대로 된 선물을 준 적이 없었기에 함께 살 집만큼은 조금 무리를 해서라도 신경 써 주고 싶었다.

다행히 이 저택 같은 집을 구입하고 셀레나에게 보여주었을 때, 그녀는 수현의 의도대로 기뻐했고 그 모습을 보고서야 수현은 내심 안도했다.

혹시나 그녀가 실망을 할까 봐 조마조마했는데, 나중에 그녀의 이야기를 들어 보고 구입하길 잘했다고 생각했다.

사실 셀레나는 말리브에 개인 해변이 딸린 저택을 사고 싶었지만 매물이 없어 꿈만 꾸고 있었다는 것이다.

그런 집에서 연인인 수현과 함께 살면 좋겠다고 생각하며 매물이 나오기만 기다릴 수밖에 없었다. 하지만 아무리 시간이 지나도 구입할 수가 없어 속으로 발만 동동 굴렀는데, 수현이 떡하니 커다란 저택을 보여주며 자신들의 집이라 하니 좋을 수밖에 없었다.

결혼식에 맞춰 자신들의 취향에 맞게 리모델링을 한 저택의 외관은 두 사람의 마음에 쏙 들었다.

"어서 안으로 들어가요."

셀레나는 수현의 손을 잡고 집으로 들어갔다.

사실 수현은 결혼식이 끝나면 해외로 신혼여행을 가려고 했다.

하지만 셀레나는 그런 흔한 결혼식 보다는 새롭게 바뀌었을 집이 궁금해 신혼여행을 며칠 뒤로 미뤘다.

여행이야 두 사람 다 여유가 있으니 시간만 내면 갈 수 있었기 때문이다.

더욱이 미리 결혼을 생각하고 있었기에 결혼식 앞뒤로 한 달간 스케줄을 잡지 않았다.

특히나 수현은 인지도가 엄청 높아졌기에 굳이 자잘한 스케줄까지 챙겨가며 할 필요가 없어져 더욱 여유가 있었다.

그러니 셀레나가 신혼여행을 며칠 미루고 말리브 저택에서 보내자고 하는 제안을 받아들인 것이다.

철썩철썩.

보글보글.

태평양이 내려다보이는 야외 욕조에서 수현과 셀레나는 수영복만 입고 밤바다를 보았다.

철썩이는 파도 소리와 욕조에서 올라오는 거품이 신체를 때리는 느낌을 즐기며 두 사람은 서로에게 기대어 여운을 즐겼다.

쪽!

"사랑해요."

"나도 사랑해!"

둘의 애정 표현을 시기한 겨울의 찬 바람이 이들의 어깨를 강타했지만, 따뜻한 온천수 때문인지 아니면 두 사람의 뜨거운 사랑 때문인지 이들은 전혀 추운 줄도 모르고 서로의 사랑을 확인했다.

*   *   *

결혼을 한 지도 세 달이 지났다.

간편한 옷차림으로 나온 수현을 본 셀레나는 밝은 미소를 지으며 수현을 현관 앞까지 배웅했다.

"정말로 같이 가지 않아도 되겠어?"

수현은 걱정스러운 눈으로 밝게 웃고 있는 셀레나의 얼굴을 보며 물었다.

"혼자 가는 것도 아니고 조금 뒤면 올리비아가 올 거예요."

병원에 가는 것 때문에 그러는 것인지, 아니면 임신 테스트기에 임신 가능성이 있다는 판단 때문에 그런 것인지 확실하게 알 수는 없지만, 수현의 불안해하는 표정은 이를 보는 셀레나로 하여금 마음을 설레게 만들었다.

보통 남자가 애인이나 부인이 임신을 했다고 하면 순간 충격을 받아 멍해진다는데, 수현은 그렇지 않았다.

처음 테스트기의 두 줄을 확인했을 때, 놀란 자신보다도 그 이야기를 들은 수현이 더 기뻐해 주었다.

뿐만 아니라 이 사실을 한국에 있는 부모님에게 알리려고 하는 것을 산부인과에 들러서 의사의 진단을 받고 확실해졌을 때 전화를 드리자고 말리느라 진땀을 빼야만 했다.

결혼한 친구들이나 동료들의 이야기를 들어보면 다른 남자들은 그런 쪽으로 좀 무신경해 섭섭했다고 하는데, 수현은 아시아인이라 그런지 반응이 확실히 달랐다.

"걱정 마요. 이따가 검사 끝나면 전화할게요."

셀레나는 자신과 떨어지려고 하지 않는 수현을 말렸다.

"부르스 워너 회장과 미팅 있다면서요? 늦겠어요."

"하, 하필⋯⋯."

수현은 오늘 제작 회의가 열리는 것에 한숨이 절로 나왔다.

그것만 아니라면 임신 진단을 받으러 가는 아내의 곁에 함께 했을 텐데, 스케줄 때문에 그러지 못하는 것이 여간 아쉬웠고, 또 미안했다.

빵빵!

때마침 밖에서 클랙슨 소리가 울렸다.

"봐요. 어서 나오라잖아요."

"응, 알았어. 그럼 병원에 도착하면 연락해."

수현은 떨어지지 않는 발걸음을 억지로 떼면서 말했다.

쪽!

"알았어요. 걱정하지 말고 잘 다녀와요."

현관 앞에 서서 셀레나는 자동차에 타는 수현을 바라보며 작별 인사를 했다.

"응, 꼭이야! 연락해 줘!"

수현도 그런 셀레나를 보며 걱정스러운 눈빛으로 거듭 전화를 하라고 당부했다.

하지만 수현이나 셀레나는 이것이 두 사람의 마지막이라는 것을 알지 못했다.

＊　　　　＊　　　　＊

커다란 저택의 출입문이 열리고 검은색 대형 밴이 저택을 빠져나왔다.

그런 모습을 눈여겨 지켜보는 이들이 있었다.

"자말, 나왔다!"

핫산은 옆자리에 있는 동료 자말에게 다급히 말했다.

"기다려! 우리의 목표는 그가 아니라 그의 부인이다."

자말은 동료 핫산의 말에 차분하게 자신들의 임무에 대해 상기시켰다.

"그런데 우리 전사들이 여자들을 상대한다는 것이 난 좀 그런데……."

이번에 맡은 임무가 마음에 들지 않는 듯, 핫산은 나지막하게 불만을 토로했다.

"그건 그렇지만 이맘의 지시는 절대적이야."

"그, 그렇기는 하지만… 그래도 전사도 아닌 여자를……."

"그만!"

자말은 자신의 동료인 핫산이 무슨 말을 하려고 하는 것인지 잘 알고 있었다.

사실 자신도 종종 느끼는 것이지만, 자신이 속한 조직의 이맘은 다른 조직의 지도자들과는 달랐다.

물론 입으로는 코란과 알라의 말씀을 전하지만, 그가 하려는 것이 정말로 성자 무함마드가 제창한 것과 같은지 확신이 서지 않았다.

그렇지만 이슬람 전사인 자신들은 이맘의 말에 의심하지 말고 따라야 할 의무가 있었다.

"그가 나갔으니 아마 조금 뒤면 그의 부인도 나올 것이야."

자말은 조용히 생각을 정리하며, 핫산이 혹시나 엉뚱한 생각을 하지 못하게 자신들의 목표에 관해서만 이야기했다.

"알았어."

자말의 말에 핫산도 더 이상 이번 일에 대해 따지지 않고 조용히 대답하며 다시 닫힌 문을 주시했다.

그리고 10여 분 뒤, 조금 전 수현이 타고 나간 차량과 비슷한 크기의 밴이 안으로 들어갔다.

두 사람은 1초가 한 시간처럼 느껴지는 모양인지 자꾸만 시간을 확인하며 밴이 다시 등장하기를 기다렸다.

그리고 20여 분이 지나자 자신들이 기다린 대상이 나타났다.

"나왔다!"

"그래, 들키지 않게 따라가!"

"응!"

핫산은 자말의 말에 문을 나온 밴을 쫓아가기 위해 시동을 걸었다.

부르릉.

"중심가로 들어가는 것 같은데?"

집을 나선 밴이 자신들의 예상과 다르게 시내 중심가로 향하자 핫산은 작게 중얼거렸다.

"젠장! 스케줄이 변경되었나 본데?"

목표인 셀레나를 처리하기 위해 사전에 조사를 했을 때, 그녀의 스케줄상 도시 중심가로 향하는 것이 아니라 할리우드 외각으로 빠져야 맞았다.

"어쩔 수 없어, 기회를 노릴 수밖에……."

자말은 조용히 중얼거리며 전방에서 움직이고 있는 밴을 차갑게 번뜩이는 눈동자로 바라봤다.

*　　　*　　　*

LA 조나단 종합병원의 산부인과 병동 대기실 복도는 진료를 받기 위해 온 산모와 보호자들로 조금 소란스러웠다.

그런 곳에 톱스타인 셀레나 로페즈가 나타났으니 산모들과 보호자, 그리고 병원의 의사와 간호사들까지 몰려드는 바람에 더욱 어수선했다.

그나마 다행이라면 사람들이 몰리기 전 셀레나의 진료 순서가 되어 상담하러 들어가 스트레스를 받을 일이 줄었다는 것이다.

띠! 띠!

채혈을 한 셀레나는 현재 하복부에 초음파 검사를 진행하는 중이다.

"어떤가요? 임신이 맞나요?"

셀레나의 옆에서 보호자 대신 자리한 올리비아가 검사를 하는 의사에게 물었다.

"어머, 축하드려요."

한참 초음파 영상을 지켜보던 의사는 올리비아의 질문에 대답하며, 동시에 진찰대에 누워 있는 셀레나에게 임신 사실을 알렸다.

의사가 아무리 바쁜 직업이라고 하지만, 톱스타 정수현과 셀레나의 결혼 소식은 알고 있었다.

그런데 결혼한 지 몇 달 되지 않았는데 벌써 셀레나가 임신 사실을 확인하기 위해 산부인과를 찾은 것에 놀랐고, 또 실제로 임신한 것에 다시 한 번 놀랐다.

보통 연예인들이 결혼을 하게 되면 대체로 몇 년은 자녀를 갖지 않았다.

하지만 특이하게도 정수현 & 셀레나 로페즈 부부는 결혼을 하고 불과 3개월 만에 아이를 가진 것이다.

아마 이 사실이 언론에 공개가 된다면 바로 이슈가 되어 지면을 달굴 것이었다.

하지만 의사도 정수현의 성향은 오래전에 들어 알고 있었고, 또 직업윤리상 직무 도중 알게 된 환자의 비밀은 지켜야만 했다.

몇 푼 벌고자 자칫 정수현과 연관된 이슈를 허가 없이 파파라치나 언론에 알렸다가는 도리어 소송을 맞을 수도 있기 때문에 의사는 그저 셀레나에게 축하의 말을 하는 것으로 아쉬움을 달랬다.

"올리비아, 나 수현 씨 아기를 가졌대!"

셀레나는 방금 전 의사가 한 말이 실감이 나지 않은 듯 매니저인 올리비아를 올려다보며 말했다.

"나도 함께 들었어, 정말 축하해."

"응, 고마워."

"우선 수현 씨에게 알려야지?"

셀레나는 수현이 아침에 나가면서 병원에 도착하면 전화를 하라는 것도 잊고 있다가 올리비아의 말을 듣고 나서야 생각이 났다.

하지만 이 기쁜 소식을 직접 수현에게 들려주고 싶었다.

간이 임신 테스트기로 검사를 한 것만으로도 기뻐하던 수현의 얼굴이 떠올랐기 때문이다.

그래서 직접 이야기를 하고 그가 얼마나 기뻐할지 그 모습을 보고픈 욕심이 생겼다.

"아니야, 내가 직접 가서 수현 씨랑 만나서 이야기할게."

"그래? 알았어."

올리비아는 굳이 그럴 필요가 있나 싶었지만, 본인이 그러길 원하기에 더 이상 이야기하지 않았다.

*   *   *

목표인 셀레나 로페즈가 원래 예정된 스케줄이 아닌 시내의 병원으로 향하자, 무슨 일인지 알아보기 위해 그녀를 은밀히 따라간 핫산이 돌아왔다.

텅!

"뭐라도 알아냈어?"

그가 병원을 나와 차에 오르기 무섭게 자말이 물었다.

"응, 아무래도 타깃이 임신을 한 것 같아."

"뭐? 그게 정말이야?"

"그래, 몰래 듣고 오는 길이야."

핫산은 셀레나가 시내 중심에 있는 LA 조나단 종합병원으로 향하는 이유를 캐내기 위해 도청 장치를 챙겨 그녀의 뒤를 따라갔다.

그녀가 다른 병동도 아니고 산부인과에 가는 것을 알아차린 순간 당황하기는 했지만, 성전을 위한 일이라며 자가 최면을 하며 몰래 뒤를 따라가 타깃과 그녀의 일행이 알아차리지 못하게 옷에 도청장치를 붙였다.

그러고 나서 잠시 기다리자 의사와 그녀가 나누는 이야기를 송신기로 훔쳐 들을 수 있었다.

"자말!"

"왜?"

"정말 이 일을 해야만 하는 거야?"

핫산은 못내 이 일이 마음에 걸렸다.

아무런 힘도 없는 여자를 상대로 자신들이 성전을 행한다는 것도 마음에 들지 않았다. 더군다나 대상은 임신한 여성이었다.

코란에서 언급하는 성전은 그런 것이 아니었다.

이교도 전사들을 상대로 무함마드의 교리를 설파하고 맞서 싸우는 것이었다.

그 어디에도 여성, 그것도 임신한 여성을 대상으로 싸우라는 언급은 찾아볼 수 없었다.

하지만 자말은 단호했다.

"아까도 말했지만 그런 건 우리가 판단하는 것이 아니라, 이맘이 판단하는 거다."

자신마저 흔들어 대는 핫산의 말을, 자말은 원칙적인 주장을 펼치며 차단했다.

솔직히 자말 또한 이번 일이 찝찝한 것은 사실이다.

그렇지만 이맘의 지시였기에 어쩔 도리가 없었다.

"핫산!"

"……."

"고향에 있는 가족들을 생각해! 이번 일만 끝나면, 시리아에 있는 우리 둘의 가족들을 유럽으로 데려갈 수 있어!"

"음!"

핫산은 가족들을 유럽으로 데려갈 수 있다는 말에 낮게 신음을 했다.

그와 자말의 고향인 시리아는 정부군과 혁명군, 그리고 시리아를 넘보는 주변국과 반군들이 뒤섞인 상태에서 십여 년이 넘도록 내전이 계속되고 있다.

그 때문에 일반 국민들은 하루도 평안한 삶을 살지 못하고 생명의 위험 속에서 근근이 연명하고 있다.

정부군이라고 해서 국민들을 안전하게 보호하는 것도 아니고, 독재를 타파하고 자신들을 보호하겠다며 일어선 혁명군도 국민들의 안전은 뒷전이었다.

아니, 오히려 혁명군이 더 심할 정도였다.

그들은 정권을 잡기 위해 민간인들이 살고 있는 마을이나 시내에서도 정부군과 총격전을 벌이는 것은 물론이고, 부족한 병력을 채우기 위해 어린아이건 성인이건 가리지 않고 강제로 징집하고 있었다.

그런 상황에서 반군들 또한 마찬가지로 강제 징집을 하고, 국민들의 재산을 수탈하는 바람에 국민들은 이중, 삼중으로 핍박당하고 있는 실정이다.

그러니 셀레나가 임신한 사실을 알고 흔들리던 핫산도 고국에 있는 가족을 생각하라는 말에 더 이상 셀레나를 동정하지 않게 되었다.

비록 코란의 교리와 어긋난 행동인 것 같아 망설이던 마음도 가족들의 안전을 생각하니 자신이 너무나 배부른 생각을 했다고 여기게 되었다.

셀레나보다 더 어린 자신의 동생들은 오늘도 어떤 위험에 직면해 있을지 모르는데, 내 가족보다 다른 사람의 안위를 걱정하고 있었다는 자책감마저 들었다.

생각을 정리한 그들의 앞에 셀레나 로페즈와 그녀의 매니저인 올리비아가 주차장으로 나오는 모습이 보였다.

"나왔다!"

자말은 눈빛이 바뀐 핫산을 보며 소리쳤다.

부우웅.

핫산은 자말의 말이 떨어지기 무섭게 차에 시동을 걸었다.

언제든 목표인 셀레나 로페즈가 탄 차를 추적할 수 있게 준비를 한 것이다.

한편, 누군가 자신을 노리고 있다는 것도 모르는 셀레나는 병원을 나오면서 수현과 통화를 하고 있었다.

"자기, 내가 가서 이야기할게! 너무 걱정하지 말고, 그럼 있다 봐!"

조금 있다 보자는 말로 전화 통화를 마친 셀레나는 올리비아가 시동을 건 밴에 올라탔다.

셀레나가 몸을 실자 밴은 병원을 빠져나와 영화사들이 몰려 있는 할리우드로 향했다.

이는 수현이 위너 브라더스의 오너 부르스 위너와 미팅을 하고 있는 곳이 할리우드에 있기 때문이었다.

101번 국도를 타고 달리는 차 안에서 셀레나는 남편인 수현을 만나 어떻게 설명을 할지 생각에 잠겼다.

그런 셀레나의 모습을 백미러로 힐끗힐끗 쳐다보는 올리비아의 눈에는 그 모습이 참으로 신기해 보였다.

오랜 기간 셀레나를 보아온 그녀다.

어린 나이부터 연예계에 들어온 셀레나였기에 성인이 돼서도 치기 어린 모습이 한둘이 아니었다.

솔직히 수현과 결혼을 하겠다고 했을 때는 걱정이 되기도 했다.

연애와 결혼은 다른 것이란 것을 너무도 잘 알기 때문이었다.

마냥 아이 같고, 성년이 되어도 좌충우돌 사고를 치던 소녀는 어느새 어른이 되었다.

그리고 한 아이의 엄마가 되려고 하고 있었다.

그러자 한편으로 뭔가 아쉬운 느낌이 들었다.

이는 그녀가 한 번도 경험을 해보지 못한 감정이었다.

그것이 엄마가 딸을 시집보냈을 때의 마음이란 것을 그녀는 알 수 없을 것이다.

"어?"

"무슨 일이죠?"

올리비아는 핸들을 잡고 있는 운전수 겸 경호원인 제이크 하몬의 의문을 담은 낮은 목소리에 무슨 일인지 물었다.

"저택을 나오면서 주변에 보이던 차량이 또다시 보여서 말입니다."

제이크는 굳은 표정으로 자신이 본 차량에 대해 설명했다.

"그게 무슨 소리예요? 혹시 파파라치인가요?"

혹시나 겁 없는 파파라치가 수현과 셀레나 부부의 사진을 찍기 위해 따라다니는 것은 아닌가 하는 생각이 들었다.

요즘은 덜하지만 예전도 그런 경험이 있기에 물어본 것이다.

"그런 것 같진 않습니다. 차에 선팅이 진하게 되어 있습니다. 그러면 안에서는 절대로 촬영을 할 수가 없는데, 파파라치가 저 차처럼 진하게 선팅을 하겠습니까?"

제이크는 절대로 그 차량이 파파라치는 아닐 것이란 판단에 무게를 실었다.

"음……."

올리비아는 그 말에 신음을 흘렸다.

파파라치가 아니라면 누가 무엇 때문에 자신들을 따라오

는 것인지 짐작이 가지 않았다.

더욱이 내부에 누가 타고 있는지 알 수 없게 진한 선팅을 하고 있는 차량이 추적을 하자 덜컥 겁이 나기도 했다.

"혹시 모르니 속도를 좀 내겠습니다."

"네. 셀레나, 혹시 모르니 안전벨트 매고 손잡이 붙잡아!"

올리비아는 제이크의 말에 얼른 뒤에 타고 있는 셀레나에게 경고를 했다.

한창 조심해야 할 시기였기에 속도를 내기 전에 먼저 주의를 준 것이다.

"알았어, 그래도 조심해 줘!"

셀레나도 현재 어떤 상황인지 두 사람의 이야기를 들었기에 얼른 옆에 있는 손잡이를 잡았다.

하지만 그녀가 한 가지 간과한 것이 있었다.

평소라면 당연히 차량에 오른 뒤 안전벨트를 했겠지만, 오늘은 임신한 사실을 알았기 때문에 조금이라도 복부에 압박이 가해지지 않도록 벨트를 착용하지 않은 상태였다.

아마 평소 같았다면 올리비아의 말을 듣고서 한 번 더 안전벨트를 확인했을지도 모른다.

그러나 지금은 불길함이 느껴질 정도로 다급한 상황인지라 셀레나는 미처 자신이 안전벨트를 했는지 확인할 생각을 하지 못하고, 손잡이를 움켜쥔 손에 더욱 힘을 줄 뿐이었다.

부우웅!

셀레나와 올리비아가 타고 있는 밴이 속도를 내자 뒤에서 이를 쫓던 핫산도 조금씩 속도를 내기 시작했다.

"멀어지지 말고 좀 더 바짝 붙어!"

"알았어!"

핫산은 자말의 말에 가속페달을 밟는 오른발에 더욱 힘을 주었다.

부우웅!

한참을 셀레나가 타고 있는 밴을 추적하던 자말은 할리우드로 진입하기 전 산타모니카 대로 인근에 도착을 하자 발 밑에서 무언가를 꺼냈다.

"뭐야?"

"조용히 해!"

신경이 예민해진 자말은 조용히 하라는 말로 핫산의 입을 막고 불빛이 깜박이는 상자를 꺼냈다.

"언제 준비한 거야?"

자말이 손에 든 것은 바로 무선 기폭 장치였다.

"네가 병원에서 여자들을 따라갔을 때, 경호원 몰래 차에 설치했다."

"음······."

핫산은 자말의 말에 순간 소름이 돋았다.

가끔씩 보이는 자말의 저와 같은 모습은 인간이라 믿을

수 없을 정도로 냉정했다.

"차가 대로에 접어들면……."

작게 중얼거리는 자말의 목소리는 평소 듣던 그의 목소리와는 너무도 차이가 났다.

먹이를 노리는 뱀이 내는 목소린가, 핫산은 친구인 자말이 너무도 낯설었다.

"지금이다."

틱! 딸깍.

스위치가 움직이는 소리가 들리자, 앞서 달리던 밴이 중심을 잡지 못하고 휘청거리는 것이 핫산의 눈에 들어왔다.

'뭐지?'

핫산은 지금 눈앞에 벌어지고 있는 일이 순간 이해가 가지 않았다.

자말이 기폭 장치를 눌렀는데, 차가 폭발하지 않고 비틀거리기만 했기 때문이다.

"실패한 거야?"

마음이 내키지는 않았지만 가족을 위해 참기로 했는데, 막상 자신이 생각한 것과 다른 결과에 핫산이 물었다.

"아니, 성공이야!"

자말은 핫산의 질문에 고개도 돌리지 않고 그렇게 대답했다.

아나나 다를까.

끼이이익!

쾅!

앞서 달리던 밴은 어느 순간 비틀비틀 불안정하게 곡예 운전을 하더니 급기야 중심을 잃고 중앙 분리대를 들이받고는 반대쪽 차선으로 넘어가 버렸다.

그런데 설상가상으로 셀레나가 타고 있는 밴은 반대편에서 달려오던 대형 트레일러와 충돌을 하고 말았다.

이 때문에 밴은 마치 야구 배트에 맞은 공처럼 튕겨져 나갔다.

그리고 나서 트레일러의 옆을 따라 달리던 픽업트럭과 다시 충돌하며 데굴데굴 굴렀고, 앞쪽에 멈춰 선 차량의 뒤까지 굴러가 부딪친 다음에야 멈춰 설 수 있었다.

101번 국도를 달리던 차량들이 사고 장면을 목격하고 얼른 차를 멈추고 911에 신고하기 시작했다.

덕분에 자말과 핫산이 탄 차량은 유유히 사건 현장에서 사라질 수 있었다.

Chapter 3
천루(天淚)

위너 브라더스사의 건물 중 한 곳.

수현은 위너 브라더스의 오너, 부르스 위너와의 미팅을 위해 아침 일찍 위너 브라더스사를 찾았다.

그런데 이상하게 심신이 안정되지 않았고, 뭔가 불길한 일이 일어날 것만 같은 예감이 들어 미팅에 집중할 수가 없었다.

"수현, 무슨 일 있나?"

미팅에 집중을 하지 못하는 수현의 모습에 부르스 위너가 물었다.

오늘 미팅은 부르스 위너에서 제작하는 새 작품에 관한

내용으로, 단독 주연을 맡은 전작과는 다르게 또 다른 주인 공이 있는 더블 캐스팅이었다.

부르스 워너는 더블 캐스팅 때문에 마음에 들지 않아 그런가 하는 생각에 혹시나 싶어 물어본 것이다.

"아, 죄송합니다. 아내가 임신을 했는데, 아니, 임신을 했는지 정확한 진단을 위해 오늘 병원에 갔거든요."

아내의 임신 때문이 아니라 무슨 일이 일어날 것만 같은 예감에 불안했지만, 그것을 다른 사람에게 설명을 할 수 없어 일단 아내인 셀레나의 임신을 핑계로 댔다.

"아, 수현. 축하하네."

"축하합니다."

"오우! 마스터 현의 2세라니… 축하합니다."

수현의 이야기를 들은 회의장 안에 있던 워너 브라더스의 임직원은 물론이고, 감독과 출연 배우들 모두 수현을 둘러싸고 축하해 주었다.

하지만 축하 인사를 들으면서도 수현의 마음은 좀처럼 진정되지 않았고, 시간이 갈수록 더욱 심난해졌다.

이는 재작년 로열 가드의 리더로 미국 전국 투어의 마지막을 장식한 뉴욕의 바클레이스 센터에서의 공연하던 날과 비슷한 느낌이었다.

그때도 자신의 주변에서 뭔가 사건이 벌어질 것만 같은 예감에 공연 시간을 늦췄다.

당시 공연을 늦추지 않고 불길한 예감을 그냥 무시하고 넘어갔더라면 아마 대형 참사가 벌어졌을 것이다.

다행히 함께 있던 총괄 매니저 전창걸이 자신의 이야기를 들어주었고, 예방 차원에서 경호원들과 함께 수색을 하다 폭탄 차량을 발견해 테러를 미연에 방지할 수 있었으며, 뒤이은 테러에도 대비할 수 있었다.

그런데 그러한 불길한 예감이 오늘 또다시 발생한 것이다.

그것도 2년 전보다 더 진하고, 자신과 직접적으로 연관이 있을 것만 같은 불안감이었다.

심장을 조여 오는 듯한 그 소름이 돋는 느낌에 수현은 정신을 집중할 수가 없었다.

"제가 좀 불안해서 그러는데, 잠시 회의를 쉬었다 하면 안 되겠습니까?"

수현은 급기야 회의실에 있는 사람들을 보며 양해를 구했다.

"그래, 아침 일찍 나와 출출하기도 하니, 간단하게 샌드위치라도 먹고 다시 모이기로 하지."

부르스 위너는 수현의 제안에 고개를 끄덕이며 이야기했다.

아닌 게 아니라, 새 영화를 위해 모인 이들은 다른 때와 다르게 이른 시간에 모이다 보니 아침을 먹고 온 사람이 별로 없었다.

더군다나 다른 배우들은 말할 것도 없었다.

워너 브라더스의 직원들이야 어차피 평소 나오는 시간이기에 미팅에 들어오기 전 요기를 했겠지만, 배우들은 그렇지 못했다.

원래 배우들의 시간은 일반인들과 다르다.

사실 배우들에게 현재 시각은 아직 이른 새벽 시간이나 마찬가지다.

밤늦게까지 파티를 하거나 스케줄을 하고 늦은 아침까지 잠을 잔다.

그리고 남들이 브런치를 먹을 시간에 일어난다.

그러다 보니 생활 주기가 일반 사람과는 조금 다르게 잡혔고, 몇몇 배우들은 오늘처럼 이른 미팅의 경우 간간이 조는 모습을 보이기도 했다.

그래서 그런지 부르스 워너의 잠시 쉬고 한 시간 뒤에 모이자는 말에 기뻐하며 빠르게 자리를 떠났다.

이는 수현도 마찬가지였다. 불안한 마음을 달래기 위해 셀레나에게 전화를 걸며 혼잣말을 중얼거렸다.

"셀레나, 지금 어디야? 병원에는 간 거야?"

아침에 집을 나올 때, 아내인 셀레나와 이야기를 했었다.

매니저인 올리비아가 오면 병원에 가기로 말이다.

그리고 미팅에 들어오기 전 셀레나에게서 올리비아와 병

원에 간다는 통화를 했다.

"여보세요? 올리비아."

수현은 셀레나와 함께 있을 올리비아에게 전화를 걸었다.

혹시나 자신의 불안해하는 목소리를 듣고 임신한 셀레나가 잘못될까 걱정이 되어 매니저인 올리비아에게 전화를 건 것이다.

이미 그녀는 수현과 셀레나에게는 가족이나 마찬가지인 존재였기에 전화를 하는 것에 거리낌이 없었다.

― 수현, 무슨 일이에요?

"아니, 셀레나가 걱정이 돼서… 병원인가요?"

― 저런, 수현! 신입 아빠 된다고 너무 티내는 것 아닌가요?

"하하, 미안해요. 그래도 걱정이 되는 것을 어쩝니까?"

수현은 올리비아의 타박에 빙그레 웃고는 그렇게 이야기를 했다.

다행히 올리비아와 통화를 하다 보니 조금 전 들던 불길한 예감이 조금 가시는 듯했다.

― 잠깐만요, 셀레나 바꿔줄게요.

덜그럭.

작게 부스럭거리는 소리가 들리고, 전화기에서 셀레나의 목소리가 들렸다.

― 수현, 또 무슨 일로 전화를 걸었어요?

약간은 흥분된 듯한 셀레나의 목소리가 들렸다.

"응, 어떻게 됐나 궁금해서 전화해 본 거야."

자신이 불안해했다는 것을 숨기며 물어보았다.

— 아직 차례를 기다리는 중… 아, 방금 호출 받았다. 나 진료실에 들어가 봐야 할 것 같아. 진료 끝나고 이야기해!

자신의 차례가 되었다며 셀레나는 수현의 대답도 듣지 않고 빠르게 전화를 끊었다.

"셀레나, 셀레나!"

아내인 셀레나의 이름을 불러 보지만, 이미 그녀는 전화를 끊고 진료실로 들어간 상태였기에 더 이상 그녀와 통화를 할 수 없었다.

수현은 이때까지만 해도 이것이 그녀와 마지막 통화가 될 것이라고는 상상도 못했다.

'그나마 다행이네…….'

미팅에 와서 불안했는데, 아내의 목소리를 들으니 조금 안심이 되는 듯했다.

"아내와 통화를 한 것인가?"

언제 다가온 것인지 부르스 위너가 이번 영화의 감독인 짐 모리스와 그의 곁에 와 있었다.

"네, 방금 진료 들어간다며 통화를 끊어 버리네요."

뭔가 아쉬운 마음에 수현은 몇 마디 하지 못한 통화에 작게 투덜거렸다.

그런 수현의 모습이 웃겼는지 부르스 위너와 짐 모리스

감독이 웃으며 한마디씩 하였다.

"지옥에 온 것을 환영하네!"

"새로운 지원자는 언제라도 환영이지!"

두 사람은 수현을 놀리듯 이제부터 행복이 끝나고 지옥과 같은 고난의 구간에 들어온 것을 축하한다며 수현의 어깨를 토닥였다.

"이런 지옥이라면 뭐……."

수현은 두 사람이 자신을 축하하기 위해 그런 말을 했다는 것을 알기에 웃으며 답했다.

"미팅 때문에 일찍 나오느라 아침도 못했을 텐데, 우리도 어디 가서 요기나 하지."

부르스 위너는 수현과 짐 모리스 감독에게 말을 하였다.

"네, 좋습니다. 이야기 할 것도 있고……."

짐 모리스는 부르스 위너의 제안에 수락을 하였고, 수현 또한 그 말에 고개를 끄덕이며 동조했다.

"저도 껴도 될까요?"

언제 다가왔는지 이번 영화의 또 다른 주인공인 엠마 스틸이 다가와 물었다.

할리우드의 떠오르는 젊은 여성 스타인 엠마 스틸은 멜로와 스릴러, 공포 등 여러 장르의 영화에 출연을 했지만 그 중에서도 로맨틱 코미디에 탁월했다.

이번 위너 브라더스에서 준비하는 영화도 수현과 엠마 스틸을 주연으로 하는 로맨틱 코미디였다.

사실 엠마 스틸이야 이미 여러 편의 영화를 찍었고, 또 여러 장르에 두루 출연을 하면서 그 능력이 검증이 되었지만, 수현은 사실 로맨틱 코미디에 맞는지 아직 검증이 되지 않았다.

그 때문에 주연으로 캐스팅이 되었음에도 계속해서 감독과 부르스 워너 회장 등 관계자들이 모여 잦은 미팅을 갖는 중이다.

작년 수현이 출연한 'The Great Master'와 제임스 로렌스 감독의 'The Star'는 로맨틱 코미디 영화와는 다른 액션 판타지와 멜로 영화였다.

액션 판타지 영화인 'The Great Master'야 이미 TV 드라마에서 수현이 보여준 것이 있어 잘 할 것이라 예상을 했지만, 제임스 로렌스 감독의 영화 'The Star'에서의 멜로 연기는 사람들의 기대를 뛰어넘는 것이었다.

설마 'The Great Master'의 마스터 현과 'The Star' 속 제임스 한을 동일한 배우가 연기했다고는 믿기지 않을 정도로 두 배역간의 간극이 존재했는데, 수현은 그것을 완벽하게 소화해 냈다.

'The Great Master'에서는 카리스마와 지도력을 가진 현자, 마스터 현으로써 실재로 그러한 인물이 있는 것 같은 연기를 보여 주었고, 또 멜로 영화인 'The Star'에서는 뮤지션으로서 애인과 소속사로부터 버림을 받았음에도 불구하고 그러한 불행을 음악으로 승화시켜 한 사람의 뮤지션으로 거듭나는 것을 제대로 선보였다.

물론 이러한 것은 수현이 그동안 연예인으로서 걸어온 길과 비슷했기에 어쩌면 본인의 이야기를 하는 것처럼 쉽게 몰입해 연기를 펼칠 수 있었다는 이점 덕분에 가능했을지도 모른다.

하지만 이번 위너 브라더스의 신작은 로맨틱 코미디였다.

그동안 수현은 진지한 연기를 많이 해봤지만 코미디 연기는 경험이 없었다.

그 때문에 캐스팅 제안을 받았을 때는 고민도 많았다.

한 번도 해보지 않은 로맨틱 코미디 연기를 잘 할 수 있을까 하는 걱정이 들었다.

그런 수현에게 용기를 돋아준 것은 바로 아내 셀레나였다.

정통 로맨틱 코미디는 아니지만 셀레나는 어려서 시트콤에 출연한 경험이 있었다.

어떻게 보면 수현이 촬영하게 되는 로맨틱 코미디 'the cultural clash(문화적 충돌)'과 비슷한 경향이 있어 옆에서 조언해 주었다.

'the cultural clash'에서 수현은 한국에서 온 스포츠 스타이고, 상대역인 엠마 스틸은 수현의 통역을 맡은 통역사 역할이다.

한국과 다른 미국 문화 때문에 미국 생활에 적응하는 한국의 스포츠 스타가 미국에서 겪는 사고와 해프닝을 재미있게 그린 영화다.

물론 처음 영화의 시나리오를 접했을 때는 한국 문화에 대해 잘 모르는 작가의 오해로 한국이 이상하게 그려진 것도 있었지만, 수현이 이에 대해 시정을 요구하면서 정정이 되었다.

비록 한국의 기자들 때문에 한국에서 활동하지 않고는 있지만, 수현이 조국인 대한민국을 싫어하는 것은 아니다.

그렇기 때문에 잘 모르는 것에서 오는 편견을 그냥 영화의 재미라 생각해 넘어갈 생각은 전혀 없었다.

사실 외국인들이 한국이나 한국인에 대한 오해와 편견을 가지고 있는 것은 일본의 영향도 아주 없지 않기에 수현은 특히나 그런 부분들을 짚어 시정을 요구했고, 작가도 사실과 다르다는 수현의 말에 그의 요청을 받아들였다.

자신이 잘못 알고 있던 부분을 알려준 것이니 당연히 수정을 하는 것이 옳은 일이기도 했다.

게다가 수현의 이야기를 듣고 직접 한국인 유학생들을 대상으로 조사해 보니 수현의 지적이 맞았기에 어떤 불만도 제기할 수 없었다.

더욱이 수현은 미국인은 물론이고, 외국인들이 가장 좋아하는 외국 배우 중 하나다.

뿐만 아니라 오너인 부르스 위너와 친분은 이미 여러 차례 소개가 되었기에 작가도 굳이 그런 배경을 가지고 있는 수현과 척을 질 생각이 없었다.

오늘 미팅은 수현이 로맨틱 코미디를 잘 소화해 낼 수 있는 방안을 논의하기 위한 자리이기도 했지만, 이러한 대본의 검토, 배우들의 배역 조정과 촬영 시기 등을 조율하기 위해 마련된 자리이기도 했다.

수현은 부르스 위너 등과 브런치를 먹으면서도 이번 영화에 대한 대화를 나눴다.

그리고 한 시간의 브런치 타임이 끝나고 'the cultural clash'와 관계된 사람들이 다시 모여 회의를 시작했다.

한창 회의를 하던 중 수현은 갑자기 심장이 송곳으로 찔리는 듯한 느낌과 마치 양손으로 심장을 강하게 조이는 것 같은 압박감을 느꼈다.

두근! 두근!

'헉!'

너무도 느닷없는 통증에 수현은 속으로 헛숨을 내쉬었다.

좀처럼 통증을 느끼지 못하는 둔감한 수현인데, 너무도 갑자기 찾아온 심장의 통증에 한순간 숨을 쉬기가 힘들었다.

'허억, 무슨 일이지?'

지금까지 한 번도 이런 적은 없었다.

10여 년 전 군에서 낙뢰 사고를 당한 뒤로 수현은 지금까지 어떤 힘든 일을 겪어도 이 정도로 괴로운 적은 딱 한 번뿐이었다.

바로 3년 전 최유진이 재혼을 한다는 소식을 들었을 때.

그런데 지금 심장을 조여 오는 듯한 이 통증은 그때와는 하늘과 땅만큼이나 차이가 컸다.

그때는 심장을 한 대 맞은 듯한 느낌이었다면, 지금은 심장을 묵직한 벽들이 둘러싸 사방에서 압박해 터뜨리려는 느낌이라 숨쉬기가 힘들었다.

그러더니 어느 순간 팽창한 풍선이 폭발하듯 압박감이 사라지면서 허탈한 느낌이 그의 몸을 강타했다.

그러면서 수현은 알 수 없는 슬픔에 두 눈에서 눈물이 주르륵 흘러내렸다.

"어? 수현, 무슨 일이야!"

수현이 가슴을 부여잡고 괴로워하는 모습에 그를 주시하고 있던 부르스 워너가 갑작스러운 수현의 변화에 소리쳤다.

"어?"

"응?"

부르스 위너의 외침에 다른 사람들도 회의를 중단하고 수현을 쳐다보았다.

자신의 가슴을 부여잡고 울고 있는 수현의 모습에 모두는 이유를 알 수 없었기에 의아한 표정으로 수현을 바라볼 뿐이다.

똑똑똑!

이때 회의실 문에서 노크 소리가 들렸다.

"무슨 일이야?"

회의 중에 방해를 받지 않기 위해 비서에게 미리 언질을 했는데, 느닷없이 노크 소리가 들렸기 때문에 브루스 위너의 목소리가 조금 날카로웠다.

"회장님, 잠시……."

문을 열고 들어온 비서는 잠시 수현을 응시하다 부르스 위너에게 나지막하게 이야기를 전했다.

"지금 사고 뉴스가 속보로 전해지고 있는데……."

비서의 말을 들은 부르스 위너는 자신도 모르게 수현을 쳐다봤다.

드르륵, 쿵!

비서가 부르스 위너에게 무언가 이야기를 하는 소리를 들은 수현은 자리에서 벌떡 일어나 회의실 밖으로 뛰쳐나갔다.

회의실 밖으로 나간 수현은 위너 브라더스사의 직원 휴게

실로 뛰어갔다.

"하아! 하아!"

평소 같으면 별로 숨차지 않을 거리였지만 너무도 다급한 나머지 호흡 조절을 하지 못하고 뛰어왔기 때문에 숨이 가빴다.

[여기는 LA 산타모니카 대로 인근입니다. 보시다시피 뒤로는 차량이 불타고 있습니다. 사고 차량의 주인은 제이미 코퍼레이션으로 되어 있으며, 차량에는 톱스타 정수현의 부인이자 본인 또한 톱스타인 셀레나 로페즈 정이 타고 있었습니다. 그 외에도 그녀의 매니저인 올리비아 로렌과 경호원인 제이크 하몬이 탑승하고 있던 것으로 알려졌습니다. 하지만 이들이 타고 있던 차량은 갑자기 중앙 분대를 넘어 마주오던 트레일러와 추돌한 뒤, 3차선으로 튕겨나갔다가, 다시 한 번 달려오던 픽업트럭과 충돌을 하면서 다섯 번이나 굴렀다고 합니다.]

수현은 도저히 믿을 수가 없었다.

TV에선 커다란 자막과 함께 셀레나의 사고 소식을 전하고 있었는데, 그 어느 것도 그의 눈과 귀에 들어오지 않았다.

불과 몇 시간 전에 병원에서 임신인가 아닌가 알아보려 진료를 받기 위해 병원에 갔고, 진료 순번을 기다리며 자신과 통화를 했었다.

그런데 사고라니, 도저히 믿을 수가, 아니, 믿고 싶지 않았다.

하지만 뉴스 자막에는 셀레나의 이름이 크게 적혀 있어 장난이라고, 몰래카메라라고 할 수도 없었다.

자신을 놀려주기 위해 워너 브라더스에서 몰래카메라를 준비했다 여기기도 힘들었다.

더군다나 수현이 이렇게 사람의 생명을 가지고 속고 속이는 장난을 좋아하지 않는다는 것은 많이 알려져 있기에 수현을 상대로 그런 장난을 치려는 사람은 아무도 없었다.

그러니 지금 그가 보고 있는 TV 화면은 절대로 거짓이 아니었다.

하지만 수현은 지금 이 순간만큼은 저 뉴스가 자신을 상대로 한 더러운 장난이길 바랬다.

갑자기 회의실을 뛰쳐나가는 수현의 뒤로 따라붙은 사람들도 뉴스를 보며 말을 잇지 못했다.

*　　　　*　　　　*

댕! 댕! 댕!

종소리가 울리는 교회 안에 많은 사람들이 검정색 상복을 입고 모여 있다.

단상 앞에는 검은색 관이 반쯤 열려 있었고, 그 안에는 아름답게 화장을 한 셀레나 로페즈가 마치 잠이 든 듯 누워 있었다.

간간이 낮은 울음소리가 교회 안에 퍼졌지만, 어느 누구도 그것을 타박하지 않았다.

"주의 어린양 셀레나 로페즈 정이, 주 하나님의 부름을 받고 주의 곁으로 갑니다. 이 세상에서 그녀와 인연을 맺은 가족과 친구들은 그녀와 마지막 작별 인사를 해주시기 바랍니다."

설교를 마친 목사가 교회 안에 모인 사람들에게 셀레나 로페즈와 마지막 인사를 할 것을 권했다.

그에 사람들은 하나둘 자리에서 일어나 그녀가 누워 있는 관 앞으로 나아갔다.

그때까지도 앞자리에 앉아 있던 수현은 자리에서 일어나지 않고 멍하니 잠든 것 같은 그녀의 모습을 지켜보았다.

임신 여부를 확인하기 위해 LA 조나단 종합병원의 산부인과에 들린 셀레나는 그곳에서 의사로부터 임신이 확실하다는 이야기를 들었다.

그러고 나서 그 사실을 수현에게 직접 알려주기 위해 수현이 있는 워너 브라더스사로 향했다.

하지만 그녀가 탄 밴은 수현을 만나러 오던 중 산타모니카 대로가 인근에서 사고를 당했다.

아직까지 사고 원인은 밝혀지지 않았다.

목격자의 이야기에 따르면, 셀레나가 탄 밴이 갑자기 휘청거리더니 상행선과 하행선을 분리하기 위해 설치한 중앙 분리대를 뛰어넘어 반대편 차선으로 날아들었다고 말했다.

그리고 맞은편에서 달려오던 트레일러와 충돌하며 튕겨 나간 뒤 연이어 트럭과 2차 충돌이 있었고, 데굴데굴 굴러 가 멈춰선 다른 차량과 3차로 부딪쳤다.

이 과정에서 밴의 뒷자리에 앉아 안전벨트를 하지 않고 있던 셀레나와 앞자리에서 강한 충격을 받은 경호원 겸 운전사인 제이크 하몬은 그 자리에서 즉사하고 말았다.

그나마 셀레나와 함께 뒷자리에 있었지만 안전벨트를 착용한 매니저 올리비아가 간신히 목숨을 건졌다.

하지만 세 차례나 다른 차량들과 충돌을 하고 도로를 구르는 바람에 상태가 좋지 못했다.

그럼에도 올리비아는 목과 팔에 깁스를 하고 휠체어에 앉아 셀레나의 장례식에 참석했다.

사실 지금 올리비아는 관 안에 누워 있는 셀레나를 보며 그날 셀레나에게 안전벨트를 하라고 말만하고 확인하지 않은 자신을 자책하고 있었다.

매니저로써 담당하는 연예인의 안전에 신경을 더 쓰지 못해 사고로 연예인을 잃었다고 생각하는 것이다.

하지만 그렇다고 해서 매니저인 그녀에게 손가락질을 할 수도 없었다.

어디서 들었는지 몰라도 셀레나는 그날 차에 타면서 안전벨트를 하지 않았다.

올리비아가 그녀에게 안전벨트를 하라고 주의를 주었지만, 셀레나는 임신 초기에 배를 압박하면 유산이 될 수도 있다는 이야기를 들었다면서 끝까지 안전벨트를 하지 않겠다고 주장했다.

아기 때문에 그렇겠다는 셀레나의 말에 올리비아도 억지로 강요할 수가 없었다.

하지만 지금에 와선 그날의 선택을 후회하고 있다.

셀레나가 그렇게 주장을 했더라도 만약의 위해서 매니저인 자신은 셀레나에게 안전벨트를 하라고 이야기를 했어야 했다.

올리비아와 수현은 그렇게 사람들이 하나둘 셀레나의 관 앞에서 그녀와 작별 인사를 하고 교회를 빠져나갈 때까지도 관 안에 누워 있는 셀레나의 얼굴만 쳐다보았다.

＊　　　＊　　　＊

교회에서 예배를 드릴 때까지만 해도 맑던 하늘은 언제 그랬냐는 듯 장례식을 치르기 위해 관을 리무진에 실으려고

교회를 나오자 갑작스럽게 비를 뿌리기 시작했다.

쏴아아아.

마치 하늘도 셀레나의 장례식을 슬퍼하는 것인지 검은 먹구름이 잔뜩 낀 상태로 굵은 빗방울을 쏟아 내고 있다.

수현은 비를 맞으면서 셀레나가 잠든 관이 리무진에 실리는 과정을 하염없이 바라보았다.

그리고 LA 교외 공동묘지에 도착할 때까지도 수현은 초췌한 모습으로 아무 말도 하지 않고 있었다.

그런 수현의 모습에 한국에서 날아온 수현의 부모님은 그 어떤 위로도 할 수가 없었다.

자신들이야 며느리를 잃은 것이지만, 아들은 자신의 반쪽을 잃은 것이지 않은가. 더욱이 셀레나의 뱃속에서 잉태된 지 몇 주 되지 않은 자식까지 있었다고 전해 들었다.

손주를 잃은 슬픔이야 이루 말할 수 없었지만, 아들의 슬픔과 고통만큼은 아니란 생각에 스스로 슬픔을 극복할 때까지 기다리기로 했다.

그리고 그런 수현의 부모님처럼 조용히 자식의 죽음을 슬퍼하는 이들이 또 있었다.

그건 바로 죽은 셀레나의 부모와 형제들이다.

불과 몇 달 전, 축복 속에 결혼을 했는데, 사랑의 결실을 맺어 확인하게 된 날 불행한 사고를 당해 저세상으로 떠난 셀레나로 인한 슬픔은 이루 말할 수 없었다.

셀레나의 어머니는 사랑하는 딸의 환하게 웃고 있는 사진을 한 손에 쥐고 엉엉 울었고, 셀레나의 아버지는 그런 부인의 어깨를 감싸며 소리 없이 눈물을 흘렸다.

"마지막으로 그녀의 관에 흙을 뿌려주십시오."

셀레나의 관을 하관하고 인부들이 흙을 덮기 전, 그녀와 친분이 있는 이들에게 다시 한 번 그녀와의 추억을 되새기길 바라며, 목사는 그녀의 관에 흙을 뿌리고 싶은 사람이 있다면 나서라고 말했다.

목사의 말에 몇몇 사람들이 나와 비를 맞으며 셀레나의 관에 흙을 뿌렸다.

그때까지도 수현은 아무런 말도, 울음소리도 내지 않았다.

어떻게 보면 참으로 냉정해 보일 수도 있는 장면이지만, 아는 사람은 알 것이다.

수현이 아내인 셀레나를 잃고 얼마나 슬퍼하고 있는지 말이다.

그리고 저 멀리에서 이런 셀레나 로페즈의 장례식을 취재하는 방송국 카메라가 보였다.

사실 이런 모습은 보이고 싶지 않은 것이 수현의 마음이었다.

하지만 매니지먼트사의 사장인 제이미의 의견으로 방송 취재를 놔두기로 했다.

셀레나가 일반인이 아닌 연예인으로서 팬들과 마지막 인

사를 할 수 있게 해야 한다는 것이었다.

수현의 심정적으로야 못하게 하고 싶지만 제이미의 말에도 일리가 있기에 어쩔 수 없이 허락을 한 것이다.

그렇지만 자신이 셀레나를 잃고 낙담하고 있는 모습은 보이고 싶지 않아 멀리서 촬영하는 것만 허용했다.

그렇기에 방송국 카메라들이나 기자들은 멀리서 셀레나의 장례식을 촬영할 수밖에 없었다.

모든 장례 절차가 끝나고 셀레나의 관도 어느새 흙에 덮여 보이지 않았다.

수현은 눈물인지 빗물인지 눈앞이 뿌옇게 되는 것을 느꼈다.

하지만 흐린 시계에도 끝까지 셀레나의 무덤에서 시선을 떼지 않았다.

탁탁.

"그만 보내 줘라."

보다 못한 아버지가 수현의 어깨를 두드리며 말했다.

"네, 조금만 더 있다 갈게요. 어머니 모시고 먼저 들어가세요."

수현은 애써 담담한 목소리로 말을 꺼냈다.

"알았다, 그럼 먼저 갈 테니 너도 너무 오래 있지 말고 얼른 들어와라……."

"네, 알겠습니다."

저벅저벅.

"미스터 수현."

아버지가 돌아가고 또 다른 사람이 수현의 곁으로 다가와 그를 불렀다.

자신을 부르는 낯선 목소리에 수현은 셀레나의 무덤을 보던 시선을 돌려 소리가 들리는 곳으로 고개를 돌렸다.

"하프먼 로펌의 변호사인 벤자민 롭맨이라고 합니다."

벤자민은 자신을 소개하며 품에서 명함을 한 장 꺼내 수현에게 내밀었다.

"무슨 일이십니까?"

수현은 자신에게 명함을 주는 벤자민을 보며 의아해했다.

"셀레나 로페즈 정 씨의 변호사입니다."

벤자민은 다시 한 번 자신을 소개하였다.

그랬다. 벤자민 롭맨은 셀레나 로페즈의 전담 변호사였다.

"이런 날 이런 이야기를 해야 하는 것이 실례인 것을 알지만, 그것이 제 일이기에 다시 한 번 죄송하다는 말씀을 드리고 이야기하겠습니다."

수현은 아내의 전담 변호사라는 말에 고개를 갸웃거렸다.

하지만 벤자민은 죽은 셀레나 로페즈의 전담 변호사로서 자신의 일을 처리해야 하기에 이야기를 해야만 했다.

"중요한 이야기는 가족들이 모두 모인 자리에서 다시 한 번 할 테지만, 우선 남편이신 미스터 정에게 먼저 이야기를 하겠습니다."

벤자민은 정중한 말투로 또박또박 이야기를 하였다.

그의 말은 사망한 셀레나의 유산에 관한 것으로 가족이 모인 자리에서 그녀의 유언을 통해 그녀가 남긴 재산을 분배할 것이니 다른 스케줄이 있더라도 나와 달라는 이야기였다.

그에 수현은 한참을 생각하다 조용히 고개를 끄덕였다.

"알겠습니다. 그러면 8시까지 저희 집으로 와 주십시오. 그 시간이면 가족들이 모두 모여 있을 겁니다."

수현은 셀레나의 장례식을 위해 온 그녀의 가족들까지 모두 한 자리에 모이는 시간을 이야기하며, 그 시간에 맞춰 집으로 오라는 말을 하였다.

"알겠습니다. 그럼 그때 뵙겠습니다."

벤자민은 수현의 말을 듣고 먼저 자리를 떠났다.

자리를 떠나는 변호사의 뒷모습을 눈으로 쫓던 수현은 그가 멀어지자 다시 고개를 돌려 셀레나의 무덤을 바라보기 시작했다.

그때까지도 내리던 비는 그칠 줄을 모르고 더욱 세차게 쏟아졌다.

그러면서 수현은 장례식 전 사고를 조사하던 경찰에게서 들은 이야기를 떠올렸다.

"사고 차량에서 이상한 것들이 발견되었습니다."

"이상한 것이라뇨?"

"셀레나 씨가 타고 있던 차량 엔진 부근에서 차량 부품과는 상관없는 어떤 장치의 잔해들이 발견되었습니다."

"설마 그 말은……."

"아무래도 누군가 차에 손을 댄 것 같습니다."

수현은 셀레나의 무덤을 보고 있지만, 그의 귓가에는 계속해서 오전에 다녀간 경찰관의 이야기가 맴돌았다.

누군가에 의한 의도적인 사고일 수 있다는 그 말이 수현의 머릿속을 헤집었다.

생각하면 할수록 경찰관의 목소리는 점점 커졌고, 그럴수록 수현의 내부에서 분노가 거세게 타올랐다.

하지만 경찰은 아직까지 범인을 알아내지 못했다. 아니, 용의자조차 추려내지 못하고 있는 것 같았다.

으드득!

수현은 주먹을 강하게 말아 쥐고 이를 갈며 도대체 누가 자신의 아내를 죽이기 위해 그런 것을 차에 설치를 했을지 생각을 해보았다.

하지만 수현이라고 해도 범인의 윤곽을 쉽게 잡아 낼 수는 없었다.

그녀의 성정상 누군가와 원한을 살 정도로 막돼먹은 성격이 아니기 때문이다.

그렇다고 자원봉사로 자신을 희생하는 성격도 아니었지만, 할리우드의 스타들이 하는 정도로 후원도 하고 자신을 따라 간간이 자선 활동에 참여했다.

그러다 보니 예전에 악플을 달던 안티들마저 돌아설 정도였다. 그런 그녀를 죽일 정도의 원한을 품은 사람은 없었다.

그렇다면 과몰입한 팬이 그녀가 결혼을 하자 죽이려 한 것일지도 모른다는 생각도 해보았지만, 그건 너무 엇나간 것 같았다.

그런 팬이라면 이전부터 그녀의 주위를 맴돌며 스토킹을 하며 협박했을 것이다.

즉, 일을 벌이기 전 전조 증상이 나타나기 마련이다.

하지만 그런 일은 없었다. 솔직히 셀레나의 인기는 자신과 사귀면서 더욱 높아졌다.

물론 예전에도 스타이기는 했지만, 열성팬이 과몰입해 자신만의 아이돌로 착각하며 날뛸 정도로 인기가 높던 편은 아니었다.

그러다 보니 셀레나가 저스트와 사귈 때에도 저스트의 팬들에게 급이 맞지 않는다며 악성 댓글에 시달렸다.

그러니 그런 과몰입한 악성 팬의 테러로 보기에도 이치에 맞지 않았다.

그렇다고 자신의 팬이 셀레나를 노렸다고도 생각하지 않았다.

오히려 자신의 팬들과 셀레나는 무척이나 잘 지내는 편이었다.

그도 그럴 것이, 자신의 팬 카페에 셀레나가 평소에 자신과 관계된 소식이나 사진을 종종 올리는데, 그것 때문이라도 팬들은 셀레나를 좋아할 수밖에 없었다.

그렇게 아무리 생각을 해도 도저히 셀레나를 죽음으로 몰아간 범인의 윤곽을 잡을 수가 없었다.

하지만 그렇다고 범인을 잡는 걸 포기할 생각이 없었다.

될 수 있으면 경찰보다 자신이 먼저 범인을 찾아내 복수를 하고 싶었다.

띠띠띠.

품에서 휴대폰을 꺼낸 수현은 생각난 김에 바로 제이미에게 전화를 걸었다.

"제이미, 접니다. 수현."

수현은 매니지먼트 사장인 제이미에게 전화를 걸어 유능한 탐정을 섭외해 줄 것을 부탁했다.

그러면서 탐정의 조건으로 수사에 능한 사람이며 최소 열건 이상의 마약 관련 범죄나 인신매매 사건을 스스로 해결해 본 적이 있으면 좋겠다는 조건을 걸었다.

이는 셀레나의 사고가 단순한 사건이 아닌, 누군가에 의해 계획된 살인일 수 있다는 경찰의 이야기 때문이었다.

수현은 이런 이야기를 제이미에게도 알려주었다.

그런 수현의 이야기를 들은 제이미는 크게 화를 냈다.

비록 계약으로 묶인 관계라고는 하지만 제이미에게도 셀레나는 단순한 고객이 아니었다.

처음 셀레나의 재능을 알아보고 발굴해 10대 초반의 셀레나를 지금의 스타로 만든 사람이 바로 제이미였다.

자신의 인생 중 10여 년을 투자해 키운 스타이자, 자신의 인생의 한 부분을 차지한 존재가 바로 셀레나였다.

비록 자신과 피를 나눈 것은 아니지만 양녀와 같은 존재였고, 평소에도 종종 셀레나가 자식을 낳게 된다면 그 아이의 대부가 되어주겠다고 말할 정도로 그녀에 대한 애정이 특별했다.

그렇게 각별한 존재가 누군가 의도한 계획으로 인해 목숨을 잃었을 수도 있다는 말을 듣고 가만히 있을 제이미가 아니었다.

하지만 복수는 자신의 몫이라 생각한 수현은 흥분한 제이미를 진정시키며 얼마가 들어도 좋으니 유능한 탐정을 구해 달라는 부탁을 했고, 제이미 또한 수현의 말에 수긍하고 가장 유능한 탐정을 고용하겠다고 약속했다.

그렇게 제이미와 통화를 마친 수현은 굳은 표정으로 셀레나의 무덤을 보며 마지막 작별 인사를 하고 그곳을 떠났다.

Chapter 4

제보

LA 교외 공동묘지에서 세계적인 스타 셀레나 로페즈 정의 장례식이 치러지는 모습은 전 세계로 생중계 되었다.

교회에서 가족과 친척들이 마지막 예배를 마치며, 묘지로 운구하는 모습부터 시작된 중계는 비가 내리는 와중에도 계속해서 TV로 생중계되었고, 전 세계의 팬들이 그 모습을 지켜보았다.

그리고 그건 중국이라고 다르지 않았으며 TV 화면을 통해 빠르게 전파되고 있었다.

이는 외부 통신에 대한 검열이 심한 중국도 자국에서 최고의 인기 스타인 정수현의 부인 셀레나 로페즈 정에 대한 소식을 다루지 않을 수 없었기 때문이다.

일단 정수현은 중국인들이 가장 좋아하는 외국인이었다.

아니, 중국 내 스타들보다도 더 인기가 있는 스타다.

그도 그럴 것이, 정수현의 미담은 중국 내에서도 많이 알려다.

또한 최고 지도자인 주석은 물론이고, 중국 공산당 고위 관료들과 두루 교류를 하고 있으며, 중국이 자랑하는 세계적 요리 프랜차이즈 레스토랑인 '황찬'의 공동 설립자이자 실질적으로 황찬의 요리 래시피를 모두 개발한 사람이었기 때문이다.

뿐만 아니라 수현은 자신에게 배당되는 황찬의 이익금 중 일부를 매년 중국에 설립한 재단을 통해 기부하고 있었다.

이익금 중 일부라고 비난할지도 모르겠지만 그건 사실을 알고 나면 자연스럽게 사라질 수밖에 없었다.

비록 몇 년 되지는 않았지만, 수현의 팬이나 로열 가드의 팬, 그리고 황찬의 요리를 좋아하는 사람들이 황찬을 찾으면서 한 해 벌어들이는 수익은 어마어마했다.

그런 수익을 수현과 세 명의 공동투자자가 자신의 배당에 맞게 분배하다 보니 수현의 몫은 상당했다.

더욱이 벌써 중국에서만 황찬은 20호 지점의 문을 열었다.

뿐만 아니라 미국에도 뉴욕을 비롯해 주 활동 무대인 LA

에도 지점이 생겼으며, 현재까지 총 다섯 개나 되는 지점이 개점하며 미국인들의 입맛을 사로잡고 있다.

더군다나 미국의 지점들은 규모도 규모지만 고급화 전략으로 중국의 황찬보다 더 정성을 쏟았기 때문에 미국의 미식가들은 물론이고, 유럽에서 오는 미식가들의 입맛을 충족시키며 성황을 이루고 있다.

그러니 그 수익은 일일이 파악하기 힘들 정도고, 수현에게 분배되는 배당금 또한 상당해서 그가 본업 외에 부업으로 하는 프랜차이즈 사업인 황찬만으로도 상당한 금액을 벌고 있기에 자선 사업에 흘러 들어가는 액수는 결코 적은 액수가 아니었다.

아무튼, 그런 이유로 수현은 중국 내에서도 미국 못지않은 인기를 끌고 있는 스타였기에 그의 불행한 소식은 중국인들에게도 안타까운 소식이었다.

하지만 수현의 불행에 환호를 보내고 축제를 벌이는 이들이 있었다.

셀레나 로페즈 정의 장례식 중계를 보며 서로 축하하듯 행동하는 이들은 바로 수현을 두 차례나 습격했다 부녀자 납치 미수 및 폭행과 공권력 임의 동원 등 상당한 죄를 짓고 엄벌에 처해질 것을 막대한 벌금을 물고 집행유예로 풀려난 전적이 있던 자의 부모였다.

한 줄 더 보태자면 거기서 멈추지 않고 다시 한 번 깡패들을 동원해 수현과 텐진 시장의 딸 메이링을 납치하려다 수현에게 총을 발사한 왕푸첸의 부모들이다.

왕푸첸은 집행유예 기간에 또다시 중한 범죄를 저지른 죄과를 물어 사형에 처하게 되었다.

하지만 왕푸첸의 부모는 모든 일에 있어 자식의 잘못으로 인정하지 않고 피해자인 수현에게 잘못을 전가했다.

수현과 함께 있던 메이링이 중국 공산당의 권력 서열 상위의 텐진 시장 리자준의 딸이란 것을 알고 그녀에 대한 복수는 꿈도 꾸지 못할 지경이자, 그 모든 화를 수현에게 돌린 것이다.

그들의 입장에서 수현은 그저 외국에서 중국으로 돈 벌러 온 광대일 뿐이었기 때문이다.

비록 수현이 당 간부들과 친하다고 하지만, 왕하오나 진시아가 보기에는 조금 잘 나가는 외국인 그 이상도 이하도 아니었다.

그런 놈이 자신들의 금쪽같은 아들을 죽게 만들었으니 그들의 입장에선 억울하게 죽은 아들의 복수를 해줘야 한다고 생각했다.

그래서 실제로 살인 청부를 했다.

세계에는 많은 청부 살인 업자들이 있었고, 그건 미국이라 해도 마찬가지였다.

단돈 100달러만 지불을 해도 사람을 죽여주겠다는 광고를 할렘의 뒷골목에 가면 흔하게 찾아볼 수 있었다.

그렇기에 왕하오 부부는 살인 청부만 하면 수현에 대한 응징은 무척이나 쉽게 이뤄질 것이라 생각했다.

하지만 수현에 대한 살인 청부는 그들의 예상과는 다르게 쉽지 않았다.

처음 몇몇 청부업자가 계약금을 받고 나서긴 했지만, 수현은 전혀 빈틈을 보이지 않았다.

때문에 처음 청부를 받은 업자들이 자신의 실력으로는, 아니, 정확하게는 수현이 청부 금액에는 맞지 않는 타깃이란 이유로 사실상 청부를 포기하기에 이르렀다.

그래서 왕하오 부부는 청부 금액을 대폭 올려 지급하기로 했다.

처음엔 1만 달러의 금액으로 살인을 청부했지만, 다음엔 5만 달러였고 이도 순탄치 않자 10만 달러로 청부금을 올렸지만 모두 실패하고 말았다.

수현이 미국에서 엄청난 인기를 끌고 성공을 거두는 바람에 그 정도 금액에는 살인 청부업자들이 나설 생각조차 하지 않았다.

수현 정도의 인지도를 가진 유명인에 대한 살인 청부라고 하기엔 적당한 보수라고 볼 수 없었기 때문이다.

그만한 인지도를 가지고 있는 유명인에 대한 테러나 살인 청부를 받는 것은 프로들에게도 상당한 위험을 부담해야 했는데, 고작 10만 달러 정도로 이번 일에 뛰어들 만큼 멍청한 킬러들은 없었다.

그러다 보니 아무리 기다려도 의뢰를 받아들이겠다는 연락은 오지 않았고, 왕하오 부부는 수현에 대한 청부금을 500만 달러까지 올렸다.

하지만 그럼에도 프로 청부업자는 이들 부부의 의뢰를 받지 않았는데, 청부금은 욕심이 나지만 그를 건들기에는 시기가 좋지 않았다.

게다가 위험하다는 판단 외에도 조금만 더 지켜보면 청부금이 계속 오를 것 같은 상황이었기 때문에 업자들은 조용히 상황을 관망하기로 했다.

그런데 느닷없는 변수가 나타났다. 그것은 바로 위축되는 자신들의 세를 알리기 위한 이슬람 무장 테러 단체였다.

처음에는 기운차게 세력을 넓히던 그들은 세계 문화유산의 파괴와 외국인 납치 및 참수 등 반인륜적 범죄들을 공공연하게 저지르면서 세계인들의 지탄을 받았고, 그 과정에서 강대국의 국민들을 살해하는 과오를 범했다.

약소국들이야 국력의 한계로 항의는 할 수 있을지언정 제대로 된 무력행사는 할 수 없었지만, 강대국들은 아니었다.

미국이나 영국 등 서방국가들은 물론이고, 중국과 러시아 등 공산국가들도 이들 테러 단체의 미친 짓에 자국민이 피해를 입자 군사적 행동에 나서기 시작했다.

아무리 뒤로 이슬람 국가의 기부를 받아 군대를 양성하고 있었다고 하지만, 강대국들의 입장에서 이슬람 단체들은 어린애들 소꿉장난 하는 수준에 불과했다.

그들은 마치 자신들이 비밀리에 개발한 신무기들을 시험이라도 하듯 많은 신형 무기들을 전쟁에 쏟아 냈다.

최신예 전투기는 물론이고, 미사일과 탱크 그리고 특수부대까지 이들의 본거지에 침투를 시켜 전쟁을 수행했다.

그 과정에서 IS는 많은 예하 테러 조직을 잃었고, 장악하던 도시들을 하나둘 강대국들에게 내주었다.

그렇게 강대국과의 전쟁에서 패한 테러 조직은 본거지에 숨어 연명하기에 이르렀다.

그러다 보니 뒤로 이들을 후원하던 기부자들이 지원을 중단하기 시작했고, 테러 조직 내부에서 새로운 움직임이 싹트기 시작했다.

자신들은 신의 말씀대로 신의 나라를 세우려는 것인데, 이교도의 군대에 밀려 세력이 위축된 것에 화를 내는 파벌이 생긴 것이다.

이러한 강경파들은 이전보다 더 거세고 강경하게, 조직이 일어나던 초창기처럼 강대국들의 시선을 의식하지 않고 자신들이 당한 것 이상으로 그들의 본토에 직접적인 테러를 해야 한다고 주장하며 결의를 다졌다.

하지만 그러기에는 그들이 가지고 있는 자금이 턱없이 부족했다.

자신들이 죽지 않았음을 과시하면서 적에게 공포를 심어줄 계획이었지만, 자금의 부족으로 이를 행할 수 없게 된 것이었다.

그때, 강경파 조직의 수뇌 중 한 명이 왕하오 부부의 의뢰를 알게 됐다.

비록 액수는 많지 않았지만, 자신들의 목적을 이루는데 부족하지 않은 금액이었다.

더군다나 타깃이 활동을 하는 곳이 자신들의 주적인 미국에 있었고, 미국에서 상당한 인지도를 가지고 있는 유명 스타라는 것도 매력적이었다.

자신들의 세를 과시하기에 딱 알맞은 목표였으며, 미국뿐만 아니라 전 세계를 상대로 상당한 효과를 볼 것 같았다.

그래서 그동안 자신들이 주창하던 것과 다르지만, 수현에 대한 살인 청부를 받아들였다.

하지만 수현에 대한 청부는 보기 좋게 실패했다.

실패도 그냥 실패가 아닌, 자신들의 또 다른 목표이던 미국 국회의원들에 대한 테러까지 알려지면서 양쪽 모두 성과를 거두지 못한 것이었다.

이후, 왕하오 부부의 청부를 받은 것부터 미국 국회의원에 대한 테러 미수 사건으로 IS는 물론이고, 실질적으로 행동에 옮겼던 테러 조직까지 세계인들의 조롱을 받았다.

그리고 이슬람 조직들이 주장하던 성전과 맞지 않는 살인 청부를 받았다는 이유로, 그동안 적은 금액이지만 후원을 하던 이슬람 국가들의 후원까지 끊겨 버렸다.

그러다 보니 이슬람 단체들은 처음 의뢰를 받은 왕하오 부부에게 매달릴 수밖에 없었고, 그들의 환심을 사기 위해 수현이 아니라면 성공할 수 있다며 수현의 주변 인물들 중 그에게 가장 타격을 입힐 수 있는 셀레나를 노리는 건 어떻겠냐고 제시를 했다.

왕하오 부부는 비록 수현 본인이 아닌 것이 아쉽기는 했지만 자신들의 소망이 부분적으로나마 이뤄질 수 있다는 기대감에 기뻐하며 셀레나에 대한 살인 청부를 맡겼다.

그 결과가 지금 눈앞에 나타난 것이다.

자신들이 자식을 잃고 괴로워하던 것처럼, 수현이 부인과 자식을 한꺼번에 잃고 망연자실하는 모습이 TV 중계로 전 세계로 퍼지고 있었기 때문이다.

"호호호호! 저 봐요, 저놈이 우리 푸첸을 죽게 만들고 웃으면서 돌아다니는 것을 보는 게 얼마나 괴로웠는데… 아휴, 속 시원해."

진시아는 TV 화면에 비친 수현의 수척한 모습에 미친년처럼 광소하며 주절거렸다.

남편인 왕하오는 그런 진시아의 모습에 인상을 찌푸렸지만, 그 또한 마음은 부인인 진시아와 다르지 않았다.

'다음은 너다.'

왕하오는 셀레나를 잃고 슬퍼하는 수현의 모습을 노려보며 속으로 다짐했다.

그런데 수현의 슬픔에 기뻐하는 왕하오 부부를 차가운 눈빛으로 지켜보는 시선이 있었다.

그 시선의 주인은 바로 왕하오의 비서인 주윤캉이었다.

* * *

늦은 시각 변호사의 요청으로 가족들이 모두 모였다.

그런데 특이한 것은 모여 있는 사람들의 얼굴이 서로 다르다는 것이었다.

몇몇은 아직도 어두웠지만, 그 외의 인물들이 보여 주는 표정에는 뭔가 기대하는 것 같은 감정이 드러나 있었다.

"수현아."

조윤희 여사는 조심스럽게 아들의 표정을 살피며 수현을 불렀다.

"네?"

갑작스럽게 아내를 사고로 잃고 수심에 차 있는, 아니, 정확하게는 그 사고가 누군가에 의한 계획된 살인이었다는 이야기를 듣고 셀레나를 노릴 만한 범인이 누굴까 하는 생각에 잠겨 있던 수현은 갑자기 자신을 부르는 어머니의 목소리에 놀라 반사적으로 대답했다.

자신의 부름에 너무 놀라는 듯한 아들의 모습에 한번 고개를 갸웃거린 조윤희 여사는 조심스럽게 물었다.

"여기 사람들은 알다가도 모르겠구나?"

"네?"

"오래전도 아니고 불과 오늘 낮에 가족 중 한 명을 떠나보내고 왔는데, 불과 몇 시간 만에 저렇게 아무렇지 않게 바뀌다니… 알 수가 없다."

사실 방금 아들에게 질문을 던진 조윤희 여사는 이런 상황을 이해할 수 없는 것 같았다.

하지만 죽은 며느리의 가족과 친척들이었기에 최대한 순화해서 한 말이었다.

막말로 보고 느낀 그대로 표현했다가는 싸움이 날 것 같아 말을 아꼈을 뿐이다.

"어머니가 보시기에 좀 그렇죠?"

수현은 씁쓸한 고소를 지으며 어머니가 자신에게 무슨 말을 하려는지 깨달았다.

"좀… 그렇다. 어떻게……."

"네, 우리 한국 사람들 입장에선 저들의 그런 모습이 이해가 가진 않겠지만, 이게 저 사람들의 문화예요. 간 사람은 간 사람이고, 남은 사람은 그가 남기고 간 추억과 재산을 나누며 살아가는 것이지요."

"응? 그게 무슨 말이야?"

아들의 말이 조금 이상했는지 조윤희 여사는 좀 더 자세히 듣고 싶었다.

하지만 그녀의 시도는 타이밍이 좋지 못해 다른 사람에 의해 막혀 버렸다.

"늦은 시간 이렇게 모여 주셔서 감사합니다. 바로 시작하겠습니다."

셀레나의 고문 변호사는 가족들이 모여 있는 거실로 나오며 소리쳤다.

그러자 거실에 넓게 퍼져 있던 셀레나의 친척들이 하나둘 변호사 주변으로 모여들었다.

셀레나가 어떤 유산들을 자신에게 남겼는지 듣기 위해서다.

"그럼, 셀레나 로페즈 정 씨가 2개월 전 저를 찾아와 수정한 유언장에 대해 알려드리겠습니다."

웅성웅성.

변호사의 말이 떨어지기 무섭게 주변에 모인 셀레나의 친척들 속에서 소란이 일었다.

그도 그럴 것이, 셀레나의 유언장이 최근에 바뀌었다는 이야기를 들은 적이 없었기 때문이다.

하지만 예측을 해보자면 유언장이 바뀐 이유는 아마도 결혼을 했기 때문이겠고, 이런 경우에 자신들이 상속 받게 될 유산이 줄어들 것이 분명했다.

특히, 셀레나와 수현이 결혼을 한 것이 3개월 전이다 보니, 유언장을 수정한 것이 결혼한 이후라는 말이었기에 다른 이유가 있을 수 없었다.

"조용히 해주시기 바랍니다. 참!"

셀레나의 변호사이던 벤자민 워싱턴은 고개를 돌리며 주변을 살폈다.

"올리비아 씨는 오시지 않았습니까?"

벤자민은 주변을 살피다 셀레나의 매니저이던 올리비아의 모습이 보이지 않자 그녀를 찾았다.

"아닙니다. 몸이 좋지 못해 게스트 룸에서 쉬고 있습니다. 그녀도 불러올까요?"

수현은 갑자기 컨디션이 나빠진 올리비아가 의사와 함께 게스트 룸에 있다는 것을 알렸다.

"무리가 되지 않는다면 불러주시겠습니까? 그녀 또한 제 의뢰인의 명단 속에 있어서……."

벤자민은 수현의 대답에 얼른 이야기를 하였다.

"알겠습니다. 잠시 다녀오겠습니다."

수현이 그렇게 대답을 하고 올리비아를 데리러 자리를 떠났다.

"그녀는 따로 만나 이야기를 하고 그냥 발표를 해도 되지 않나요?"

셀레나의 친척들 중 한 명이 고개를 갸웃거리며 물었다.

그는 셀레나의 작은 오빠로 멕시코에서 작은 레스토랑을 운영하는 사람이었다.

하지만 최근 무리한 사업 확장으로 자금 압박을 받는 중이다.

그래서 셀레나의 유산을 어느 정도 상속 받게 되냐에 따라 사업이 정상 궤도에 안착할 수 있나 없나를 따져 볼 수 있기 때문에 마음이 급한 상태였다.

그런 그의 말에 친척들이 모두 인상을 찡그렸지만, 벤자민 변호사는 어떤 표정의 변화 없이 단호하게 대답했다.

"그럴 수 없습니다."

어떠한 설명도 없이 벤자민 변호사의 단호한 대답을 듣게 된 셀레나의 오빠는 조용해질 수밖에 없었다.

그리고 그건 용기가 없어 그처럼 질문을 하지 못하고 웅성거리던 다른 친척들까지 조용하게 만들었다.

약 5분여의 시간이 흘러 휠체어에 탄 올리비아가 수현과 함께 나타났다.

그리고 그녀의 옆에는 수현 말고도 하얀 간호사 복장을 한 간병인까지 함께 따라왔다.

"올리비아의 상태가 그리 좋은 편이 아니니 그녀에 관한 유언을 먼저 듣고 쉬게 하는 것이 좋겠습니다."

수현은 올리비아를 데려오기 전 의사로부터 주의를 들었

기에 변호사에게 이야기를 전했다.

"알겠습니다. 그럼 의뢰인의 유언장을 공개하겠습니다. 먼저 가족분들이 나오셔서 그녀의 사인이 맞는지 확인해주시기 바랍니다."

봉인된 셀레나의 유언장이 들어 있는 봉투를 꺼내 그녀의 사인이 맞는지 가족들에게 확인하는 것을 시작으로 유언장 내용이 가족들에게 공개되었다.

"10여 년간 가족을 대신해 가족처럼 내 곁을 지켜 주던 올리비아에게 내 애마 중 하나인 페라리 캘리포니아와 현금 100만 달러를 상속한다."

"흑! 흑흑……."

셀레나가 죽기 전 새로 작성한 유언장에서 자신에게 상속하는 유산에 대한 이야기를 들은 올리비아는 순간 사고 당시 함께 있던 그녀가 생각난 것인지 눈물을 흘리기 시작했다.

올리비아는 셀레나에게 평소 스포츠카는 위험하다고 그렇게 말렸음에도 불구하고 페라리 매장에 들러 새 차를 구입하던 것을 떠올렸다.

사실 결혼을 앞두고 수현에게 선물해 주기 위해 구입하는가 보다 생각했었다.

그런데 그게 사실은 자신을 위한 선물이었을 줄은 상상도 못했다.

수현은 자신의 옆에서 셀레나의 유언을 들은 올리비아를 내려다보며 그녀의 어깨를 살짝 안아 주었다.

그러자 올리비아의 울음이 조금은 잦아들었다.

그러는 와중에도 유언장은 계속해서 공개되었다.

그런데 셀레나의 유언장이 공개가 되면 될수록 사람들의 희비가 엇갈렸다.

어떤 사람은 자신에게 상속되는 유산의 변동이 없었지만, 몇몇 친척들은 예전에 셀레나에게 듣던 것보다 상속되는 재산이 줄었기 때문이다.

하지만 본인의 재산을 어떻게 상속을 하느냐는 모두 주인의 몫이기에 그것을 두고 뭐라 말할 처지는 아니었다.

아닌 말로 그들은 공돈이 생긴 것이니, 많고 적음을 떠나 자신들에게 유산을 나눠 준 셀레나에게 고마움을 느껴야 했다.

그렇지만 알고 있다고 해서 사람 마음이 쉽게 정리되는 것은 아니었기에 누구는 고마움을, 누구는 적은 유산에 원망하기도 했다.

그렇게 셀레나의 유언장이 모두 공개되고, 유산 상속 절차가 모두 끝나자 셀레나의 친척들은 썰물이 빠져나가듯 수현의 집을 떠나갔다.

이제는 더 이상 수현과 그들의 연결점이 없어졌기 때문이다.

셀레나의 장례식과 유언장 공개로 북적이던 저택이 한순간 적막에 휩싸였다.

셀레나의 친척들이 모두 빠져나갈 동안 올리비아는 수현의 옆에서 그것을 바라보았다.

사실 올리비아가 셀레나와 오랫동안 함께하면서 느낀 바에 의하면 셀레나의 가족들은 그렇게 화목하지 못했다.

겉으로 보기에는 유명 스타의 가족들이 막대한 부로 인해 행복한 삶을 살고 있는 것으로 비치기는 하지만, 가까이에서 지켜본 그녀는 셀레나의 가족들이 보이는 것만큼 관계가 순탄치 못하다는 것을 잘 알고 있었다.

물론 그 이유는 말할 것도 없이 돈 때문에 발생하는 갈등이었다.

그나마 다행인 것은 다른 스타들의 가정처럼 막가지 않는다는 것이다.

사실 할리우드나 브로드웨이에서 스타들 가족이나 친인척들의 막장 스토리는 유명했다.

그에 비해 셀레나의 가족이나 친척들은 아주 양호한 편이다.

그럼에도 뒤도 돌아보지 않고 떠나는 그들의 모습에 올리비아는 참 쓸쓸하다는 생각이 들었다.

"모두… 갔네요."

"그러게요."

"저도 이만 가볼게요······."

"너무 늦은 것 아닌가요?"

"밖에 구급차가 대기하고 있으니 걱정하지 말아요."

사실 올리비아는 셀레나의 장례식 때문에 잠시 병원을 나온 것이다.

하지만 변호사의 요청으로 유언장을 공개하는 것까지 보기로 하고 남은 것이었다.

그런데 셀레나의 재산이 상당한 만큼 유언장 공개에 시간이 오래 걸렸고, 올리비아가 병원으로 돌아갈 수 있게 되었을 땐 너무 늦은 시각이 되고 말았다.

다행히 제이미 코퍼레이션은 늦은 시각까지 구급차를 대여해 수현의 집 앞에 대기하도록 조치했다.

이렇게 개인적으로 구급차를 요청할 때는 상당한 비용이 들어감에도 제이미 코퍼레이션에서는 이를 용인하고 회사 비용으로 처리를 해주었다.

이는 제이미 코퍼레이션에서 직원 복지를 위해 많이 힘을 쓰고 있음을 반증했다.

"그럼 조심해서 가세요."

수현은 집을 나서려는 올리비아에게 작별을 고했다.

그러자 올리비아는 그런 수현을 가만히 올려다보다 힘주어 고개를 끄덕여 보였다.

"수현 씨도 몸조심하세요."

스타라이트

수현은 현관을 나선 올리비아를 태운 구급차가 시야 너머로 사라지는 것을 가만히 서서 지켜보았다.

＊　　　＊　　　＊

어두운 방 안, 수현은 창밖의 검은 밤바다를 내려다보고 있었다.

하얗게 포말을 이루며 해변으로 밀려드는 파도가 아름다운 달빛을 받으며 운치를 더하고 있지만, 수현의 눈에는 그 어떤 것도 들어오지 않았다.

불과 며칠 전까지만 해도 이 자리에서 아름다운 새 신부인 셀레나와 함께 따뜻한 차를 마시며 해변의 경치를 바라보며 이야기를 나눴는데, 이제는 혼자 남아 쓸쓸히 그 광경을 보고 있는 현실이 믿기지 않았기 때문이다.

그녀와 함께 했을 때는 그렇게 아름다워 보이던 풍경도 혼자가 된 지금은 마치 쏟아지는 달빛도, 해변으로 밀려드는 파도 소리도 외로운 자신을 놀리는 것만 같아 괴로웠다.

그리고 가장 수현의 마음을 어지럽히고 있는 것은 바로 오늘 낮 경찰이 전해준 이야기다.

셀레나의 관이 안장되는 LA 교외의 공동묘지에서 누군가에 의해 사고가 발생했다는 말을 들은 뒤로는 계속해서 그 이야기만 떠올랐다.

그리고 범인이 누구인지 알 수만 있다면 모든 것을 포기해서라도 꼭 복수를 하고 싶었다.

이유 같은 것은 묻지 않을 것이다.

그저 지금은 타오르는 복수심에 한껏 몸을 불사르고 싶었다.

다만, 복수를 생각하자 끓어오르던 머릿속이 마치 얼음물을 뒤집어쓴 것마냥 차가워졌다.

언제 그랬냐는 듯 온몸의 털이 곤두설 정도로 차가워졌다.

수현은 그것이 바로 군대에 있을 때 낙뢰 사고로 인생 게임, 스타 라이프와 결합하면서 생긴 부작용이라는 생각이 들었다.

레벨업으로 정신력이 상승해 어떤 순간에도 자신은 냉철한 이성을 잃지 않을 수 있었다.

덕분에 남들은 공황 상태에 빠질 만큼 위험한 상황에서도 자신은 냉철하게 주변을 살피고 위기를 극복했다.

그 당시 수현은 좋은 게 좋은 것이라고, 자신에게 일어난 불가사의한 일로 인명을 구할 수 있게 되어 마냥 좋았다.

하지만 지금은 그게 마냥 축복만은 아니란 생각이 들었다.

사랑하는 사람을 잃고 괴로워 미치고 싶었지만, 높은 정신력은 그러지 못하게 수현의 감정을 억누르고 있었다.

오히려 복수를 해야 한다는 생각에 차가운 이성만이 정신을 날카롭게 벼려 놓았다.

하지만 아직 복수의 대상을 알지 못하기에 이번엔 냉철한 이성이 그의 정신을 괴롭혔다.

정말이지 악순환의 연속이다.

그렇게 수현이 알 수 없는 적에 대해 분노하고 있을 때, 작은 진동음이 들렸다.

우웅. 우웅.

어디선가 희미하게 들리는 휴대폰 진동음이었다.

아마도 장례식 때문에 휴대폰의 벨 소리를 진동 모드로 하고 아직까지 잊고 있던 듯했다.

'누가?'

자신의 상황을 알고 있는 사람들이라면 굳이 이 시간에 전화를 걸려고 하지 않을 것이다.

그렇기 때문에 수현은 전화를 건 상대를 짐작할 수가 없었다.

띠.

휴대폰을 열어 보았다. 역시나 발신자를 알 수 없었다.

틱!

'어? 뭐지?'

전화를 건 상대가 전화를 끊은 것이었다.

전화를 걸어놓고 바로 전화를 끊은 것이 너무도 이상했다.

그러면서 수현은 직감적으로 순간 방금 전 전화를 건 상대가 셀레나의 사건과 연관이 있을 것이란 생각이 들었다.

무엇을 근거로 그렇게 생각한 것인지 설명할 수는 없지만 본능적인 감각들이 꿈틀거리며 자신의 이성을 자극하고 있었다.

띠리링.

이번에는 전화가 아닌 문자 메시지였다.

수현은 빠른 손놀림으로 문자 메시지를 확인하였다.

당신의 아내와 뱃속에 있던 아기를 사고로 위장해 죽인 이들은 IS산하 이슬람 테러 조직인 수단 인민 해방 전선이지만, 그들에게 당신과 당신의 가족을 대상으로 살인을 청부한 이는 중국의 부호인 왕하오와 진시아 부부입니다.

이들 부부는 자신들의 아들인 왕푸첸이 당신으로 인해 죽었다고 생각하고 그들에게 의뢰를 한 것입니다. 그리고 이전에도 당신과 당신 주변인들에 대한 테러 의뢰를 했지만, 그것은 사전에 발각이 되어 미수에 그쳤지요.

그 일로 당신이 미국에서 훈장을 받은 것에 격분해 이번 일을 꾸민 것입니다.

발신인은 자신의 신분도 밝히지 않고 셀레나의 사고가 자신과 악연이 있던 왕푸첸의 부모들이 청부한 일이라 말하고 있었다.

'누구지? 누군데 이런 사실을 내게 알려주는 것이지?'

수현은 자신의 정체도 밝히지 않고 아내와 뱃속에 있는 아기까지 죽인 범인들을 알려 준 인물이 무슨 의도를 가지고 있는 것인지 궁금해졌다.

'아니지, 그게 뭐가 중요해!'

문득, 그런 생각이 들었다. 굳이 제보자의 신분이나 의도를 자신이 궁금해 할 필요가 있을까 하는 생각이 들었다.

그리고 그런 의문에 대해 차분히 생각해 보기보다 수현은 누구라도 좋으니 자신의 울분을 털어 버리고 싶었다.

물론 제보자는 자신을 이용하기 위해 미끼를 던져 보는 것일지도 모른다.

아니, 셀레나를 죽도록 만든 놈들이 자신을 죽이기 위해 꾀를 낸 것일 수도 있었다.

하지만 그건 일단 움직인 다음에야 알 수 있는 정보들이었다.

우선은 왕하오 부부를 만나보면 될 일이었다.

생각을 정리한 수현은 문득 찬 바람이 맞고 싶었다.

그러면 좀 더 정신을 차릴 수 있을 것 같은 느낌 때문이었다.

쏴아!

3월이라고는 하지만 아직은 날씨가 쌀쌀했다.

더욱이 낮에는 비까지 내렸다.

그러나 찬 바람이라 해도 셀레나를 죽게 만든 원수의 정체를 알게 된 수현의 복수심을 식혀 주진 못했다.

띠띠띠.

"여보세요? 제이미, 저 수현입니다."

수현은 셀레나를 죽게 만든 범인에 대한 정보를 알아냈다고 자신의 매니지먼트사의 대표인 제이미에게 전화를 걸어 이야기를 하였다.

그러면서 수현은 몇 가지 부탁을 하기 시작했다.

복수를 하기 위해선 다양한 준비가 필요할 것 같았기에 혼자 하는 것보단 그래도 큰 회사를 경영하는 제이미의 도움을 받는 편이 훨씬 좋을 것이란 생각에 전화를 걸었다.

Chapter 5

준비

풀도 별로 보이지 않는 황량한 들판.

그곳에 누군가 달리는 소리만이 들렸다.

타타타타.

황량한 들판에 몇 없는 인공의 물체, 두건과 선글라스로 얼굴을 가린 사람이 담벼락으로 달려와 그 아래 쪼그려 앉았다.

그의 모습을 보노라면, 풀도 별로 없는 들판에 어울리는 밝은 갈색과 짙은 회색이 어우러진 위장 무늬가 들어간 군복을 입고 있었다.

상체에는 조끼 형태의 방탄복과 대검, 여분의 탄창 등을 꽂을 수 있는 장신구를 함께 착용하고 있었으며, 손에는 손가락이 노출된 오픈 핑거 장갑을 착용하고 AK—74 돌격 소총을 들고 있다.

그런데 AK—74 돌격 소총은 미국에서 만든 민수용 소총인지, 사용자가 편하게 총기 액세서리를 달 수 있도록 피카티니 레일이 달려 있었다.

휘익!

타탕!

담에 기대 있던 사내는 갑자기 몸을 일으키더니 총을 점사로 쏘고는 다시 자리를 떠나 이동하고 몇 걸음 가지 않아 다음 표적을 향해 점사를 했다.

그런데 특이한 것은 민수용 총기에는 점사 모드가 아니, AK 계열 총기는 점사가 없는데도 사내는 두세 발씩 점사를 하고 있는 것이다.

사실 이는 총의 기능으로 가능한 것이 아니라, 숙련된 사수인 그가 연발 기능으로 되어 있는 총을 아주 짧은 시간에 방아쇠를 조작해 마치 점사로 사격하는 것처럼 활용하면서 나타난 현상이었다.

별거 아닌 듯 보이지만 아주 뛰어난 사격술이다.

단발 사격이 아닌, 연발로 사격을 하게 되면 45발 들이 탄창이라고 하지만 몇 초 되지 않아 탄창이 모두 비워진다.

또, 총알이 발사될 때 반동이 심하기 때문에 정확한 사격은 사실상 불가능하다.

특히나 AK 계열 돌격 소총은 반동이 심해 더욱 어렵다.

그런데 돌격 소총을 두세 발로 점사를 하게 되면 연발로 발사하는 듯한 효과를 주면서도 반동이 심하지 않아 정확한 조준 사격을 할 수 있고, 쓸데없는 탄 소비도 막을 수 있다.

사내가 그렇게 한 번에 두세 발씩 사격하며 정해진 코스를 따라 표적을 명중시키고 있을 때, 그와 멀리 떨어진 안전한 곳에서 표적지에 총을 발사하는 모습을 지켜보는 사람들이 있었다.

그들의 모습은 총만 들고 있지 않을 뿐이지 사격을 하고 있는 사내와 비슷한 복장을 하고 있었다.

"드웨인."

"왜?"

"현은 아직도 저러고 있나?"

"보면 알잖아?"

드웨인이란 남자는 고개도 돌리지 않고 저 멀리 사격장에서 격하게 움직이고 있는 남자를 보며 대답을 하였다.

"어때?"

처음 질문한 사내는 밑도 끝도 없이 또 다른 물음을 던졌다.

하지만 그 질문을 알아들은 드웨인은 굳은 표정으로 답했다.

"믿을 수가 없어… 그는 분명 연예인이라 하지 않았나?"

"그랬지."

"그런데 어떻게 저런 움직임을 보일 수 있는 것이지? 사격은 또 어떻고……."

드웨인은 수현이 처음 이곳에 와 보여준 모습에 깜짝 놀랐다.

미국은 원래 총기 규제가 거의 없다시피 한 나라다.

이는 미국의 독립 전쟁이 미국군에 의해 이루어진 것이 아닌 민간인들이 나서 영국의 식민 지배에서 독립했기에 가능한 일이다.

그러다 보니 미국인들의 총기 소지는 미국의 헌법에서 보장해 줄 정도이고, 한 해에도 몇 차례나 벌어지는 총기 난사 사고에도 불구하고 아직도 개정될 여지는 보이지 않고 있다.

그래서 그런지 미국에서는 총기 개발과 총기 판매 사업, 총기 관련 사업인 사격장이 성행하고 있다.

드웨인도 군을 전역하고 그동안 모은 돈으로 사설 총기 사격장을 운영하는 중이다.

총을 좋아하는 미국인들에게 총의 위험성을 알리고, 안전하고 정확하게 총을 사용할 수 있게 교육도 하며, 그들이 안심하고 총을 쏠 수 있게 장소까지 제공하고 있다.

이는 무척이나 중요한 일이라 생각하는 드웨인은 영화나

드라마에서 겉멋으로 총을 함부로 다루는 것을 무척이나 싫어하는 사람이기도 했다.

그래서 그는 친구인 제이미의 전화를 받았을 때는 무척이나 껄끄러웠다.

유명 스타인 정수현이 자신의 사격장에서 총을 쏠 수 있게 장소를 마련해 주고, 사용할 총을 구해 달라고 했을 때 처음에는 거절을 하였다.

또 연예인이 겉멋에 취해 총을 구입해 쏴보려 한다 생각했기 때문이다.

하지만 그런 생각은 수현이 이곳 사격장에 들어선 지 불과 10분도 되지 않아 바뀌었다.

수현은 그동안 이곳 사격장을 찾은 그 누구보다 사격장 안전 수칙에 대해 잘 알고 있었다.

나중에서 수현이 아직도 분단국가인 한국 출신이란 것을 알고선 이해를 하기는 했지만, 그래도 처음 수현의 사격을 보고 놀라지 않을 수 없었다.

그도 그럴 것이, 한국인들은 건강한 남자라면 군대를 다녀와야 한다는 걸 이미 알고는 있었지만, 한국군이 사용하는 총기는 주로 AR 계열의 총이다.

그에 비해 수현이 사용하는 총은 생소한 AK—74였다.

그럼에도 수현은 반동이 심하고 처음 다뤄보는 총을 가지고도 표적지에 명중을 시킨 것이다.

물론 표적지에 총알을 박아 넣는 것 정도는 드웨인도 할 수 있는 일이다.

하지만 자신은 세계의 여러 나라에서 생산된 총기들을 많이 쏴 봐서 그 특성을 알기에 가능한 것뿐이지, 그 또한 처음 접하는 총이라면 표적 정중앙에 명중을 시키는 일은 결코 쉽지 않은 일이다.

그런데 수현은 영점도 잡지 않은 상태에서, 심지어 몇 발 쏴보지도 않고 연발로 사격하기 시작했는데, 이때에도 표적에 맞은 총알들이 탄착군을 형성하면서 명중했다.

그런데 놀라운 사실은 탄착군의 지름이 10㎝를 벗어나지 않았다는 것이다.

이는 명중률이 높은 AR 계열의 총으로도 쉽지 않은 성과이며 사격장 주인인 드웨인도 불가능한 일이다.

그런데 수현은 너무도 쉽게 그러한 일을 해냈다.

그 뒤로 드웨인은 수현에게 더 이상 놀랄 일이 없을 것이라 생각했지만, 그건 드웨인이 수현을 너무 낮춰 본 것이었다.

수현은 여러 자세로 사격을 해보고 어느 정도 익숙해지자 드웨인에게 이동간 사격에 대해 배웠다.

이는 수현이 복수를 위해 꼭 배워야 할 것이었다.

수현에게는 원수들이 있다. 자신과 악연이 있는 왕푸첸의 부모도 있지만, 그들의 사주를 받아 아내인 셀레나를 죽게 만든 테러범들도 있었기 때문이다.

살인 청부를 한 왕푸첸의 부모인 왕하오, 진시아 부부도 물론 용서를 할 수 없지만 직접적으로 그 의뢰를 실행한 이들 또한 용서할 수 없었다.

수현은 자신들과 아무런 연관도 없으면서 그저 돈 때문에 사람의 목숨을 노리는 이들을 용서할 수 없었다.

그들도 자신이 느낀 고통과 절망을 체험하게 해주고 싶었다.

그러고 나서 그들을 죽일 것이다.

그래서 제이미를 통해 이곳을 소개받은 것이다.

이곳 사격장 주인인 드웨인은 군에 있을 때, 이라크에서 전쟁을 경험한 베테랑이다.

미 해병대 특수부대인 포스리컨 출신으로, 포스리컨은 미국 제1해병 원정군 예하 1사단과 2사단에서만 운용하고 있으며, 이들은 미국 특수작전 사령부(USSOCOM)의 명령을 받지 않는 해병대만의 특수부대다.

미 해병 원정군이 작전에 들어가기 전 가장 먼저 적진에 침투해 교두보 확보와 적진의 정찰 및 진지 구축 등 미국 특수부대들이 하는 모든 임무를 수행한다.

특이한 점은 이들이 다른 특수부대들처럼 부사관 이상의 간부들로 구성된 부대가 아니라 일반 병사들이란 것이다.

드웨인은 이런 특수부대인 포스리컨에서 부대를 이끄는

중대장이었다.

여러 작전에서 훌륭한 성과를 거뒀지만, 나이가 들어 더 이상 다른 부대원과 보조를 맞출 수 없을 만큼 체력적인 열세를 보이면서 전역을 하게 됐다.

그러니 중동이나 테러 조직을 상대하는 것에 누구보다 정통한 사람이기도 했다.

그리고 그 이유 때문에 수현이 복수를 위해 알아봐 달라는 부탁을 받은 제이미가 가장 먼저 이곳을 추천한 것이다.

수현은 자신의 부탁에 망설임 없이 이곳을 소개해 준 제이미를 믿고 이곳을 찾았으며, 드웨인의 설명을 들으면서 제이미가 제대로 된 곳을 추천해 준 것에 감사를 하며 훈련에 들어갔다.

수현은 훈련을 하면서 드웨인의 교육을 받는 동안 마치 마른 스펀지가 물을 빨아들이듯 무섭게 그의 노하우를 습득하기 시작했고, 이제는 뛰어난 신체를 이용해 배운 것 이상의 능력을 선보이고 있었다.

그렇기에 자신의 제자와 같은 수현이 마치 영화에서 미화된 군 특수부대원들이 하는 것과 비슷한 모습을 현실에서 연출하자 그를 지켜보며 속으로만 감탄하고 있는 중이다.

아무리 총을 좋아하는 미국인이라고는 하지만 제이미는 수현이 보여 주고 있는 모습들이 뭐가 대단한지 알 수가 없기에, 자신을 돌아보지 않고 사격장 저 멀리 보이는 수현만

쳐다보고 있는 드웨인에게 떠오르는 의문을 물어보지 않을
수 없었다.

"저런 것은 자네도 할 수 있지 않나?"

"물론 할 수야 있지……."

물론 드웨인도 지금 수현이 보여주는 경이로운 수준의 몸
놀림을 따라 할 수는 있었다.

하지만 할 수 있는 것과 수현처럼 정확하게 해내는 것은
다르다.

흉내는 낼 수 있지만, 수현이 한 것처럼은 백이면 백 기
계처럼 한 번의 미스도 없이 성공할 자신은 없었다.

더욱이 AK 계열의 총이 얼마나 다루기 힘든 총기인지
잘 알고 있는 그는 지금 수현의 실력이 얼마나 어처구니없
는 수준인지 잘 알고 있다.

만약 자신의 군대 동기나 부하들이 지금 수현의 모습을
본다면, 아니, 군에 있을 때의 상관이나 특수작전 사령부의
지휘관들이 봤다면 아마 수현을 군대로 데려가려 할 것이다.

그리고 만약 수현이 이를 거절한다면 특수부대원들의 교
육을 의뢰할지도 몰랐다.

드웨인은 군에 있을 때나 군대를 전역하고 이곳 사격장을
운영하면서 미국의 특수부대원보다 뛰어난 군인은 없다고
자부했다.

세계의 많은 사람들이 특수부대의 시초인 영국의 SAS를

최고의 특수부대라 알지만, 드웨인은 SAS도 훌륭하고 뛰어난 특수부대라 생각하기는 하지만 그래도 가장 많은 실전을 경험하는 미국의 특수부대가 더 뛰어나다고 생각하는 사람이다.

물론 그건 드웨인의 주관적인 것으로 영국의 SAS 부대도 프랑스의 GIGN와 레종 에트랑제, 러시아의 스페츠나츠와 이스라엘의 사이렛 매트칼 등 유명한 특수부대들은 얼마든지 있었다.

한국에도 UDT/SEAL이라는 특수부대가 있으며 이들은 여러 나라의 특수부대에 뒤지지 않는 뛰어난 능력을 가지고 있음을 2011년 아덴만 여명 작전에 참여하여 인질 전원을 사망 없이 구출하며 증명해 보였다.

그래서 드웨인은 수현이 혹시 한국이 보유한 특수요원이 아닌가 하는 의심도 했다.

특수부대나 CIA 같은 특수한 곳에서 양성한 전문 요원 말이다.

친구인 제이미가 수현을 소개할 때, 영화배우이자 가수라고 했음에도 믿지 못할 정도였다.

하지만 어렵게 양성한 요원을 연예계에서 활동하도록 배치하는 나라는 어디에도 없기에 자신이 억측을 하고 있다고 인정할 수밖에 없었다.

그리고 나서 수현에 대해 알아보자고 결심한 드웨인은 의

외로 평소 연예인에 대해 관심이 별로 없는 자신의 가족들을 통해 손쉽게 정보를 얻을 수 있었다.

아니, 수현에 대한 정보를 강제로 주입당했다고 표현하는 게 옳을 것이다.

그는 자신이 모르고 있던 게 이상할 정도로 무척이나 유명한 연예인이었다.

그리고 TV 드라마 '시티 오브 가더'에서 주인공인 조엘을 가르치는 스승이며, 시티 오브 가더에서 최강의 존재 중한 명으로 나오고, 실제로도 수현의 무술 실력이 대단하다는 것까지 알게 됐다.

그 뒤로 드웨인은 수현이 연습을 하는 것을 조용히 지켜보며, 부족한 면을 보충 설명해 주는 것으로 일관하고 있다.

"솔직히 말해 봐."

"응? 뭘 말인가?"

"도대체 수현을 내게 보낸 이유가 뭐야?"

드웨인은 여전히 수현이 사격을 하는 모습에서 눈을 떼지 않고, 그가 자신에게 사막 지형에서 어떻게 이동하고 사격해야 하는지 물어보던 것을 떠올리며 제이미에게 물었다.

드웨인의 경력이 경력이다 보니 종종 수현과 비슷한 의뢰를 하는 이들이 있었다.

그들은 주로 위험한 곳에 파견을 가는 PMC(민간 군사기업)들로 드웨인은 그들로부터 많은 교육 의뢰를 받는다.

사실 드웨인의 주 수입은 바로 이들 PMC에서 나온다고 해도 과언이 아니었다.

때문에 지금 수현이 연습을 하고 있는 넓은 야외 사격 훈련장을 갖추고 있는 것이다.

그동안 수현이 하는 연습을 지켜보고 느낀 것은 수현이 마치 PMC처럼 어딘가 위험한 곳에 파견을 가는 사람처럼 행동한다는 점이다.

그것도 아주 적극적으로 상대를 사살하는 훈련을 중점적으로 마치, 전쟁을 치르러 가는 군인처럼 무섭고 정확하게 표적을 향해 두세 발을 점사하고 자신이 가르쳐 준 대로 이동하며 다른 표적을 찾는다.

이는 보기에는 쉬워 보이지만 결코 쉬운 일이 아니다.

군의 특수부대원들이라 해도 지금 수현의 수준이 되기까지 몇 년이나 훈련하고 실전을 겪으면서 습득할 수 있는 경지였다.

그런데 수현은 기어보지도 않았는데 뛰어다니기 시작한 아이처럼 자연스럽게 드웨인의 훈련을 소화해 내고 있었다.

마치 예전부터 전투 경험을 가지고 있는 사람처럼.

그것이 드웨인은 이해가 가지 않았다.

그렇기에 수현과 수현을 소개해 준 제이미가 뭔가를 계획하고 있으며, 그것이 결코 영화나 드라마 배역에 필요해 배우는 것이 아니란 것을 알게 했다.

그래서 물어본 것이다. 무엇 때문에 이런 위험한 훈련을 하고 있는 것인지 말이다.

친구의 질문에 제이미는 한동안 말이 없었다.

그는 지금 수현이 무엇 때문에 저러고 있는 것인지 말을 해야 할지, 아니면 그냥 비밀로 하고 입을 닫아야 할지 갈등하고 있었다.

그러다 수현이 하려는 일에 어쩌면 드웨인의 도움이 필요할지도 모른다는 생각에 이야기를 꺼내 보기로 결정을 내렸다.

"실은……."

제이미는 수현이 무엇 때문에 이곳에서 며칠씩이나 총을 쏘고 있는지 이야기를 들려주었다.

제이미의 이야기를 모두 들은 드웨인은 경악했다.

사라져도 모를 사람도 아니고 유명 인사를 노린 살인 청부라니, 게다가 청부를 한 사람은 중국의 부호이고, 의뢰를 수행한 단체는 중동의 테러 집단이란 것에 놀랐다.

더욱 황당한 것은 테러를 한 이유에다.

자신의 자식이 잘못한 게 명백하고, 죽어 마땅한 범죄를 저질러 그 대가를 치른 것인데, 그 일로 복수를 하겠다고 하는 사람이 있다는 것을 상식적으로 이해할 수 없었다.

전후 사정을 알게 된 후 드웨인은 수현이 저렇게 필사적으로 교육에 임하는 이유를 알게 되었다.

그리고 어쩌면 엄청난 일이 벌어질지도 모르겠다는 생각으로 소름이 돋으며 한차례 몸을 부르르 떨었다.

*　　　　*　　　　*

오랜만에 수현은 회사에 나갔다.

"제이미 있나요?"

회사에 나온 수현은 사장인 제이미를 찾아 온 것이었다.

그런 수현의 질문에 비서는 얼른 자리에서 일어나 그를 맞았다.

"네, 들어가시면 됩니다."

띠!

"사장님, 정수현 씨가 도착했습니다."

인터폰을 눌러 수현이 도착했음을 알린 비서는 사장실 문을 열고 안으로 들어갔다.

자신의 집무실에서 업무를 보고 있던 제이미는 비서의 알림에 자리에서 일어나 집무실 내에 배치된 소파로 움직였다.

딸깍.

제이미가 소파에 등을 기대는 순간 집무실의 문이 열리면서 비서가 들어왔고, 그 뒤로 수현의 모습이 보였다.

"어서 오게."

제이미는 수현을 반갑게 맞이했다.

"제가 일을 방해한 것은 아닌가요?"

"아니야, 커피?"

"아니요, 전 됐습니다."

수현은 제이미의 질문에 가볍게 고개를 좌우로 흔들었다.

"그래? 헬렌, 그만 나가서 일 보도록."

제이미는 조금 전 출근을 하자마자 커피를 한 잔 마셨기에 굳이 음료를 마시고 싶은 생각이 없어 비서에게 그냥 나가보란 말을 하였다.

그 말에 비서는 얼른 인사를 하고 사장실을 나섰다.

비서가 나가자 제이미는 수현에게 자리를 권했다.

"일단 앉아서 이야기 하도록 하지."

"네."

자리에 앉은 두 사람은 잠시 아무런 말없이 서로를 쳐다보았다.

그러다 수현이 먼저 이야기를 꺼냈다.

"준비가 끝났습니다. 다만 벌여 놓은 것들이 있어서 그것을 처리했으면 합니다."

수현은 담담한 표정으로 이야기를 했다.

수현이 한 말은 바로 울프 TV와 계약된 시티 오브 가더 시즌 4의 출연과 위너 브라더스와 계약한 영화 출연이었다.

특히 수현을 스타덤에 올려 줬다고 할 수 있는 시티 오브 가더 시즌 4의 촬영은 무척이나 민감한 사안이었다.

이미 대본도 다 나왔기 때문에 다음 달이면 촬영에 들어 가기로 되어 있는데, 수현이 복수를 위해 촬영을 거부하는 것이다.

그리고 워너 브라더스와 계약한 영화 또한 시티 오브 가 더만큼 촉박한 것은 아니지만, 이 또한 가벼운 문제는 아니 었다.

때문에 수현은 직접 자신의 매니지먼트인 제이미를 찾아 온 것이다.

"정말로 준비가 다 끝난 것인가?"

제이미는 계약에 관한 것은 묻지 않았다.

보통 매니지먼트사라면 제이미 같지 않을 것이지만, 그 또한 수현처럼 셀레나를 잃고 많이 힘들었다.

자신과 핏줄이 연결된 것은 아니지만 정말로 셀레나는 그 에게 딸과 같은 존재였다.

그런데 그런 존재를 누군가 의도적으로 죽인 것이다.

마음 같아서는 수현과 함께 행동하고 싶었지만 현실은 그 럴 수 없었다.

회사도 회사지만 그의 육체는 너무도 나이를 먹었다.

괜히 수현을 따라갔다가는 도움은커녕 짐만 될 것이 빤했 다.

"내, 준비도 끝났고, 누가 셀레나를 그렇게 만들었는지, 누가 그러길 원했는지 알게 되었으니… 그대로 돌려줘야 하지 않겠습니까?"

수현은 날카롭게 눈빛을 반짝이며 담담히 이야기했다.

그런 그의 모습은 마치 태풍이 오기 전 잔잔한 바다를 보는 것처럼 마주 보는 것만으로도 뭔가 큰 일이 벌어질 것만 같이 두려웠다.

"내가 어떻게 도우면 되겠나?"

정상적이라면 사고를 치려는 수현을 말려야 하겠지만, 이미 수현과 동조가 된 제이미이기에 자신이 복수를 하는데 어떤 도움을 줄까 하고 나섰다.

"아니요, 그냥 울프 TV와 워너 브라더스에 이번 촬영을 못 하겠다고 말할 것이니 제이미는 그에 대한 답변을 준비해 주세요."

"음, 그럼 이번 일로 정신적 스트레스가 심해 요양이 필요하다고 할 테니 그렇게 알고 있게."

"알겠습니다. 그럼 전 그렇게 알고 떠나겠습니다."

수현은 볼일이 끝났기에 자리에서 일어났다.

척!

그런 수현을 따라 일어선 제이미는 손을 내밀었다.

수현은 잠시 그가 내민 손을 바라보다 악수를 했다.

"내 도움이 필요하면 언제든 연락하게!"

"네, 알겠습니다."

뚜벅뚜벅.

악수를 끝낸 수현은 짧은 인사와 함께 그곳을 떠났다.

제이미는 그런 수현의 뒷모습을 물끄러미 쳐다보다 문이 닫히며 그가 시야에서 사라지자 자신의 책상으로 가 수화기를 들어 전화를 걸었다.

"헬렌, 프랭클린 박사랑 연결 좀 시켜줘!"

비서인 헬렌을 불러 주치의인 프랭클린 박사를 찾았다.

헬렌과 부탁을 한 지 5분 정도가 지나자 프랭클린과 통화를 하게 된 제이미는 조용히 그에게 수현의 정신감정에 대한 진단서를 부탁했다.

이는 수현의 부탁을 들어주기 위해서다.

수현이 일방적으로 울프 TV와 워너 브라더스의 계약을 해지를 하는 것이기에 금전적 손실이 발생하겠지만 어쩔 수 없었다.

현실적으로 지금 수현이 예정대로 드라마나 영화 촬영을 할 수 없음을 잘 알기에 회사로서 최대한 손해를 줄이기 위해 우선 유리하게 작용할 근거를 마련해야만 했다.

그것이 바로 이번 사고로 인해 아내를 잃은 수현이 정신적으로 스트레스가 심해 정상적인 촬영이 불가능하다는 진단을 받아내는 것이었다.

"프랭크린, 날세, 제이미… 다른 게 아니라……."

*   *   *

수현은 울프 TV를 방문해 드라마 국장과 시티 오브 가더의 연출자인 알버트 맥클레인을 만나 사정을 설명하고 이번 시즌의 촬영을 하지 못하게 된 것을 사과했다.

이에 드라마 국장인 조지 오웬과 연출자인 알버트 맥클레인이 어떻게든 수현을 붙잡기 위해 설득해 봤지만, 이미 복수를 하기 위해 벼르고 있는 수현의 마음을 돌려놓을 수는 없었다.

이에 알버트 맥클레인은 급기야 협박성 발언까지 했지만, 수현은 이에 굴하지 않았다.

사실 알버트도 그렇게까지 하려고 한 것은 아니었지만, 촬영 시기가 겨우 한 달밖에 남지 않은 시기에 이제는 주연이라 할 수 있는 마스터 현 역할의 정수현이 촬영을 하지 못한다고 하니 급한 마음에 실언을 한 것이다.

하지만 셀레나를 잃고 모든 것을 포기하더라도 복수를 하겠다는 결심을 한 수현에게 그 정도 협박은 굳어진 그의 마음을 흔들지 못했다.

수현은 자신을 붙잡으려는 조지 오웬과 알버트 맥클레인을 뒤로하고 이번에는 위너 브라더스를 찾았다.

수현이 위너 브라더스의 회장인 부르스 위너를 찾아갔을 때, 부르스는 자신을 찾아온 수현을 위로했다.

수현이 셀레나와 연애를 하는 동안 그 모습을 잠자코 지켜본 그다.

그랬기에 부르스 위너는 수현이 얼마나 아내를 사랑하고 아꼈는지 너무도 잘 알고 있었다.

셀레나의 사고 소식을 함께 들었고, 무슨 말로 위로를 해도 모자를 그 아픔에 부르스는 수현이 셀레나를 잃고 괴로워하는 모습을 옆에서 지켜볼 수밖에 없었다.

그 고통이 얼마나 큰지 잘 알기에 그동안 연락을 하지 않았다.

그리고 영화 촬영에 관한 논의가 활발하게 이루어져야 할 시기에 주연배우가 그런 큰 사고를 당했으니, 정상적으로 영화 제작이 진행되지 않을 것을 알기에 그저 수현이 정신을 차리기까지 기다렸다.

"어서 오게!"

부르스 위너는 수현이 자신을 찾아 왔다는 소리에 얼른 자신의 집무실을 나와 수현을 맞았다.

"그동안 고생이 많았네!"

수척해진 수현의 얼굴을 보며 그는 심심한 위로를 건넸다.

"죄송합니다."

수현은 그의 위로에 죄송하다는 사과를 먼저 하였다.

"왜 그러나? 괜찮은가?"

수현의 사과에 부르스 위너는 수현의 안부를 물었다.

그 또한 사랑하는 아내와 사별한 아픔이 있기에 현재 수현이 얼마나 괴롭고 슬픈지 짐작할 수 있었다.

하지만 부르스 위너는 알지 못했다.

아니, 알고 있기는 하지만 일반인들이 뉴스를 통해 알고 있는 정도일 뿐이었다.

수현의 아내 셀레나가 단순 자동차 사고로 죽은 것이 아니라 타인에 의한 계획 살인이란 것은 알지 못했다.

그렇기에 자신의 아픔에 빗대 수현을 위로하고 있는 중이다.

"부르스……."

작년에 영화를 함께 찍으면서 수현과 부르스 위너는 무척이나 가까워져 부르스 위너는 수현과 나이를 초월한 친구와 같은 관계가 되었다.

그래서 부르스는 수현에게 자신을 이름으로 부르라 했고, 처음에는 이를 거절하던 수현이지만 이게 바로 미국식이라는 그의 말에 수긍할 수밖에 없었다. 그러고 나서 얼마 전부터 부르스 위너를 부를 때는 편하게 이름만 부르고 있다.

"내게 무슨 할 말이라도 있나?"

부르스 위너는 수현의 지긋한 목소리에 조심스럽게 물었다.

"예, 할 이야기가 있어 찾아왔습니다."

"그래, 내게 할 말이 뭔가?"

"그게… 아무래도 이번 영화에서 하차를 해야 할 것 같습니다."

"뭐? 그게 무슨 소리야? 준비가 거의 다 되었는데……."

아닌 밤중에 홍두깨라고 영화 촬영을 위한 사전 준비가 80% 넘게 진행된 참이었다.

배역과 감독, 촬영 스태프까지 모두 확정됐다.

이제 정말 세트장만 완성이 되면 바로 촬영에 들어가도 될 정도였다.

그리고 그 세트장마저도 앞으로 몇 주만 있으면 완성되는데, 주연배우가 촬영을 하지 못하겠다고 하니 제작사의 오너로서 황당해 물어본 것이다.

"죄송하지만… 제가 정신적으로 힘들어 촬영을 정상적으로 할 수 없을 것 같습니다."

수현은 고개를 푹 숙이며 이야기했다.

사전에 제이미와 모의한 것처럼 스트레스로 인한 불안 장애를 이유로 들어 영화에서 하차를 하겠다는 것이다.

솔직히 부르스 위너도 수현이 자신을 찾아왔을 때, 한편으로 이런 말이 나올지도 모른다고 생각하며 불안했다.

하지만 슬픈 예감은 틀린 적이 없다는 노랫말처럼, 생각하고 싶지 않은 이야기를 듣게 된 부르스 위너는 한동안 말이 없어졌다.

"……."

한참을 그렇게 말없이 수현을 바라보던 부르스 위너가 입

을 열었다.

"그렇게 힘든가?"

자신에게 힘드냐고 물어오는 부르스의 물음에 수현은 한참 고민하다 이야기를 꺼냈다.

"수사관이 와서 그러더군요……."

"응? 수사관이라니, 그게 무슨 말인가?"

"셀레나의 사고를 조사를 하던 사람이 단순한 사고가 아닌 것 같다는 이야기를 했습니다."

"뭐라고!"

부르스 위너는 수현의 이야기에 깜짝 놀랐다.

셀레나의 죽음이 우연이 아니라 누군가에 의한 타살이라는 말에 너무도 놀란 것이다.

만약 그것이 사실이라면 범인은 도대체 무슨 목적으로 범죄를 저지른 것인지 짐작도 할 수 없는 부르스 위너였다.

셀레나가 여느 망나니같이 어린 스타도 아니고, 자신만 아는 이기적인 사람도 아니었다.

딱히 누군가에게 원한을 살만한 성품을 가진 존재가 아니라는 걸 너무도 잘 알고 있는 부르스 위너는 방금 전 수현의 말이 잘 이해가 가지 않았다.

"그 이야기를 들은 뒤로… 잠도 잘 오지 않고 미칠 것만 같습니다."

수현은 이미 의문의 문자를 받아 범인이 누구인지 알고

있으면서도 부르스 워너에게는 이야기를 각색하여 들려주었다.

복수를 하러 가기 전 다른 사람들에게 자신의 행적을 알리지 않기 위한 방법으로 제이미와 논의한 결과, 이것이 최선이었다.

셀레나를 잃고 그것이 누군가에 의해 벌어진 타살임을 알리면서 자신이 복수를 하기 위한 시간을 벌기 위해 수현은 수고를 들이며 이런 연극을 하는 것이다.

흔히들 복수는 허무하다고들 떠들지만, 수현은 그렇게 생각하지 않았다.

결과가 허무할지언정 원수를 알면서도 복수를 하지 않는 것은 멍청한 짓이며, 사랑하는 이에 대한 배신행위이자 원수의 행위에 동조하는 것이라 생각했다.

그러니 당연히 복수를 하는 것이 맞고, 그렇게 해줘야 한다고 판단을 내렸다.

더욱이 자신이 복수할 능력이 되지 않는 것도 아니다.

남들은 알지 못하지만 자신의 신체 능력이라면 충분히 남들에게 들키지 않고 복수를 완성할 수 있었다.

경호원들에게 둘러싸인 중국의 재력가이든, 중동의 과격한 테러 집단이든 두렵지 않았다.

그런 놈들을 상대하기 위해 제이미를 통해 전투 전문가인 드웨인에게 훈련까지 한 마당에 두렵다는 건 말도 안 되는 소리였다.

10년 넘게 총을 쏘지 않았지만, 다시 총을 쏘다 보니 군대에서 배운 것들이 빠르게 깨어났다.

그뿐만 아니라 드웨인에게 중동의 지형, 환경과 문화 등에 대해서도 많은 지도를 받았다.

비록 훈련보다 보급이 열악하겠지만, 어떻게 하면 그 열악한 환경에서도 식량과 무기를 구할 수 있는지도 배웠다.

이제 남은 것은 몸으로 부딪히는 것뿐이다.

그러기 위해선 일단 이곳에 남은 문제를 해결하고 가야만 했기에 수고로움을 무릅쓰고 울프 TV와 워너 브라더스사를 찾은 것이다.

한편, 수현의 이야기를 들은 부르스 워너는 고개를 끄덕일 수밖에 없었다.

그저 안타까운 사고라면 시간이 약일 수 있지만, 타살이라고 의심이 든다면 누구라도 일상생활이 불가능할 정도로 피폐해질 것이기 때문이다.

그렇게 수현은 미국에서 해야 할 일을 모두 끝마쳤다.

Chapter 6

복수의 시작

불도 켜지 않은 어두운 방.

수현은 창밖을 보며 아니, 시선은 밖을 향하고 있었지만 눈의 초점은 결코 창밖의 풍경을 담아내고 있지 않았다.

'일단 모로코로 간 다음, 그곳에서 하지 시장 뒷골목에 있는 아멧 아지즈의 카펫 상점에서 무기를 조달하고, 알제리로 넘어가서…….'

수현은 머릿속에 복수를 하기 위한 여정을 이미지로 그려 보았다.

이는 드웨인에게 교육을 받으면서 추가로 들은 내용들을 바탕으로 작전을 짜본 것이다.

드웨인이 군대에 있을 때, 해병 특수부대인 포스리컨의 부대장으로 작전에 참가하면 종종 다른 부대와 연합작전을 펼치는 경우가 있었다.

대부분의 포스리컨 작전은 단독으로 이뤄지지만, IS와 같은 위험하고 규모가 큰 테러 집단의 적을 상대할 때는 어쩔 수 없이 다른 부대와 연합작전을 할 수밖에 없다.

드웨인이 수현에게 가르쳐 준, 모로코 뒷골목에 있는 불법 무기상인 아멧 아지즈를 알게 된 것도 사실 CIA와 작전을 하다 알게 된 정보다.

그리고 흔적을 남기지 않고 아프리카로 들어가는 루트 또한 그때 들은 것으로, 그중 몇 가지를 수현에게 들려주었다.

수현은 뛰어난 기억력으로 이런 정보들을 떠올려 냈고, 이를 바탕으로 셀레나를 죽게 만든 테러 단체를 찾아가는 방법을 구상한 것이다.

하지만 원수는 하나가 아니라 둘이었다.

때문에 수현은 계속해서 갈등하고 있었다.

'아니야, 그들 보단 우선 중국에 있는 그놈들이 먼저야!'

살인 청부를 의뢰한 중국인 부부, 왕푸첸의 부모인 왕하오 부부와 그들의 의뢰를 받아 실질적으로 셀레나를 죽게 만든 아프리카 수단에 자리 잡고 있는 테러 단체.

이 두 곳을 놓고 왕하오 부부를 먼저 죽일까, 아니면 테러 단체를 먼저 찾아갈까 고민을 하는 것이다.

이런 갈등으로 수현은 계속해서 한쪽에 우선 복수할 작전을 구상했다가 다시 지우고 다른 대상에 대해 작전을 짜는 것을 반복하고 있다.

똑똑.

수현이 어느 쪽에 먼저 복수할지 고민하고 있을 때, 이를 방해하는 노크 소리가 들렸다.

덜컹.

노크를 한 사람은 수현의 대답도 듣지 않고 문을 열고 들어와 말했다.

"준비 됐습니다."

정중한 목소리로 준비가 완료됐음을 알리는 사내의 말에 수현은 자리에서 일어나 그 사람을 따라 나갔다.

밖으로 나오니 커다란 검정색 밴이 보였다.

평소 타던 차가 아닌 새로운 차였다.

"가지고 계신 전화는 저에게 주시고 이걸 사용하십시오."

사내는 품에서 휴대폰 하나를 꺼내 수현에게 내밀었다.

"선불 폰입니다."

공중전화 카드처럼 미리 요금을 지불하고 지불한 액수만큼 사용할 수 있는 휴대전화였다.

지불된 금액을 모두 사용하면 더 이상 사용할 수 없는 1회용 휴대전화라고 생각하면 된다.

쓰고 버리더라도 추적이 사실상 불가능하기 때문에 자신의 신분을 감추고 싶은 스파이들이 남의 명의로 개설한 대포 폰과 함께 많이 사용하는 방식이 바로 선불 폰이다.

수현은 아무런 말도 없이 자신이 사용하던 휴대폰을 내밀고 사내가 건넨 전화기를 받았다.

이제부터 수현은 공식적으로 정신적 스트레스로 인해 휴양 시설에 입소하는 것으로 돼 있기 때문에 추적이 가능한 모든 것을 이곳에 남겨두고 사람들의 이목을 피해 움직여야 했다.

이것은 전적으로 수현을 돕기 위한 제이미의 제안이었다.

제이미는 자신이 잘 알고 있는 스타들의 비밀 휴양지에 수현의 휴대폰을 가져다 둘 것이다.

이는 혹시나 수현의 행적이 발견되었을 때, 닮은 사람이라 변명을 하기 위한 장치이기도 했다.

*   *   *

조윤희 여사는 레스토랑 오픈 준비에 한창인 홀과 주방을 다니며 감독을 하고 있었다.

달그락달그락.

하지만 조윤희 여사는 분주히 움직이는 직원들의 모습이 마음에 들지 않는지 미간을 찌푸리고 있었다.

스타라이프

며칠 며느리인 셀레나의 장례식으로 인해 미국을 다녀왔기에 직원들의 기강이 조금 느슨해진 것 같아 직접 관리 감독을 하고 있다.

하지만 이건 사실 직원들이 나태해진 것이라기보다는 며느리의 사고로 인한 스트레스 때문이다.

비록 처음 며느리를 보았을 때, 외국인이란 것 때문에 조금 서먹하기도 했지만 조금씩 알아가면서 외국인 며느리가 참으로 자신의 아들을 사랑하고 존경하고 있다는 것을 알게 되면서 마음의 문을 열었다.

그렇게 예쁜 며느리가 결혼을 한 지 불과 세 달 만에 교통사고로 유명을 달리한 것이었다.

그런데 조윤희 여사를 당혹하게 만든 것은 며느리가 죽기 두 달 전, 그러니까 결혼한 지 불과 한 달도 되지 않은 시점에서 자신의 유언장을 고친 것이었다.

셀레나는 수현과 결혼한 뒤 유언장을 고쳐 만약 자신이 죽을 경우 자신의 모든 재산을 가족과 친척들에게 상속하는 것 외에 시부모인 자신까지 상속자 명단에 포함시켰다.

아니, 정확하게는 자신들 부부가 상속자에 포함돼 있었다.

굳이 자신과 남편을 명단에 올릴 이유가 없었는데 너무 의외의 일이었다.

때문에 셀레나의 가족과 친척들은 변호사의 유언장 공개

가 끝나자 그렇게 휑하니 떠나가 버린 것이다.

그런 셀레나의 친인척들의 모습에 조윤희 여사는 적잖이 실망했다.

셀레나만 봤을 때는 참으로 바른 사람이고 교육을 잘 받았다 판단을 했는데, 그건 본인이 바른 사람이었을 뿐이라는 것을 뒤늦게 알게 되었다.

그런 판단을 하게 되자 너무도 일찍 세상을 떠난 며느리가 더욱 안타깝고, 홀로 남은 아들이 걱정되기도 했다.

며느리의 장례식이 치러지던 그 때도 조윤희 여사는 수시로 아들을 바라봤다.

마치 영혼이 빠져나간 것처럼 멍하니 있는 아들의 모습은 이를 지켜보는 그녀의 마음을 더욱 아프게 만들었다.

그래서 일을 치르고 한국으로 돌아왔어도 죽은 며느리 생각과 아들 걱정으로 마음을 잡을 수가 없었다.

그런 조윤희 여사의 반응은 직원들에게 히스테리로 작용하게 되어 오늘도 황찬 코리아 1호점의 직원들은 살얼음판을 걷듯 업무를 시작할 수밖에 없었다.

따르릉따르릉.

'누구지?'

갑자기 울린 전화벨 소리에 조윤희 여사는 고개를 갸웃거리다 전화를 받았다.

액정에는 아들 수현의 이름이 떠올랐다.

"아들, 무슨 일이야?"

자신이 떠나올 때까지만 해도 아직 정신을 다 추스르지 못하던 아들이 걱정되어 물었다.

"그래, 그게 좋겠다. 그곳에서 마음도 좀 추스르고……."

조윤희 여사는 아들과 통화를 하면서 속으로 작게나마 안도의 한숨을 쉬었다.

수화기를 통해 들려오는 아들의 목소리가 자신이 미국을 떠날 때와 확연히 달라졌기 때문이다.

수현의 목소리는 중심이 잡혀 있는 듯 했고, 또 어느 정도 힘이 실려 있었다.

눈에 보이는 것은 아니지만 목소리만으로도 이제 어느 정도 안심할 수 있을 것 같다는 생각이 들었다.

"그래, 잘 다녀와."

*　　　　*　　　　*

수현은 남자에게 휴대폰을 넘겨주고 나서, 마지막으로 어머니에게 전화를 드려야겠다는 생각이 떠올라 휴대폰을 다시 돌려받아 전화를 걸었다.

"여보세요? 어머니, 저 수현입니다."

혹시나 자신을 걱정해 전화를 할지도 모르기에 미리 자신이 미국에 없으며, 가려는 곳은 전화 통화가 불가능한 곳이란 것을 알렸다.

물론 그것은 복수를 하러간다고 사실대로 말할 수 없고 부모님이 걱정할 것을 알기에 거짓말을 하는 것이지만 현재로썬 이것이 최선이었다.

"아버지도 잘 계시죠?"

수현은 이런 저런 안부도 묻고 자신의 이야기를 했다.

"어머니, 저 잠시 어디 좀 가서 머리 좀 식히고 올게요……. 아마 통화가 되지 않을 겁니다."

일신상의 이유로 머리를 좀 식히고 돌아오겠다는 이야기, 한국인들이 흔히들 하는 변명이었다.

"너무 걱정하지 마세요. 제가 좀 유명하잖아요? 그래서 사람들 시선을 피하기 위해서 유명 스타들이 찾는 그런 곳이에요."

수현은 어차피 부모님을 안심시키기 위해 거짓말을 하고 있기에 아주 그럴 듯한 설명을 곁들여 이야기했다.

실제로 스트레스를 많이 받는 직업을 가지고 있는 할리우드의 무비 스타들이나 뮤지션들이 정신적 스트레스를 풀기 위해 휴양을 가는 곳이 있었다.

스케줄이 많을 때야 클럽이나 친구들을 불러 파티로 스트레스를 해소하지만 스케줄이 빌 때는 장기간 휴양지에 가서 휴식을 취한다든가 휴양지와 연계된 클리닉을 이용한다든가 한다.

지금 수현은 이런 클리닉에 대한 언급한 것이다.

"네, 알겠습니다. 올 때까지 건강하세요."

탁.

수현은 건강하시라는 말로 마지막 인사를 하고 통화를 끝냈다.

"여기……."

마지막 통화를 끝낸 수현은 자신의 휴대폰을 도로 사내에게 넘겨주었다.

그러고는 대기 중인 밴에 올라 눈을 감았다.

그런 수현의 모습에 사내는 잠시 그의 모습을 지켜보다 조용히 운전석으로 가서 차를 출발시켰다.

자신이 탄 차가 움직이기 시작하자 수현은 슬그머니 눈을 떠 차창 밖에 보이는 자신의 집을 눈에 담았다.

그런 수현의 눈에 처음 셀레나와 함께 이곳에 방문했을 때의 모습이 환영처럼 보이기 시작했다.

유럽풍의 저택인 이곳을 본 셀레나는 처음부터 집을 마음에 들어했다.

뿐만 아니라 넓은 정원 한쪽에 마련된 유리 하우스에서는 시간이 날 때마다 들러 꽃과 식물을 직접 가꿀 정도로 좋아했다.

차가 움직이면서 스치듯 보이는 풍경에 죽은 셀레나가 마치 살아 있는 듯 생전에 하던 행동들이 수현의 머릿속에 떠올랐다.

그러자 자신도 모르게 두 눈에 눈물이 흘러내렸다.

스윽.

자신이 감상에 젖어 눈물을 흘렸다는 것을 뒤늦게 깨달은 수현은 얼른 누가 볼까 싶어 눈물을 닦았다.

그리고 더욱 차가운 눈빛으로 원수들에 대해 하나하나 떠올렸다.

하지만 아직까지 그가 얼굴을 알고 있는 원수라고는 중국인 부부인 왕하오와 진시아뿐이었다.

인상착의를 떠올렸기 때문일까. 그렇게나 첫 복수의 대상을 누구로 할지 고민하던 수현이었지만, 이 순간 첫 번째 복수 대상을 정할 수 있었다.

그건 바로 살인 청부를 한 왕하오와 진시아였다.

'기다려라!'

수현은 그렇게 속으로 다짐을 하며 어금니를 깨물었다.

그렇게 조용히 마치, 고대 월나라의 구천이 아버지의 원수를 갚기 위해 곰의 쓸개를 씹으며 복수를 다짐했다는 와신상담의 고사처럼 수현은 혀끝을 깨물어 피를 내고, 그 쓰린 고통과 피 냄새를 음미하며 왕하오 부부에 대한 원한을 불태웠다.

*　　　　　*　　　　　*

　진시아는 요즘 하루하루가 무척이나 행복했다.

　망나니라 속을 썩이던 아들이기는 하지만, 하나뿐인 아들
이 죽고 진시아는 사는 것이 사는 것 같지 않았다.

　하루도 거르지 않고 사고를 칠 때만 해도 괜히 낳았다는
생각마저 들던 날이 한두 번이 아니었지만, 막상 그런 아들
이 죽고 난 뒤 더 못해준 것이 후회가 되었다.

　사실 남편과는 처음부터 맞지 않았다.

　그저 돈이 많아서, 자신의 집안에서 필요한 결혼이었기에
정략적으로 결혼을 한 것뿐이었다.

　그러니 둘 사이에 애정이 싹틀 리가 없었다.

　다만 아들 왕푸첸이 태어난 것이 그나마 부부로 함께 할
수 있는 이유가 돼 주었다.

　만약 남편과의 사이에 왕푸첸이 태어나지 않았더라면 아
마 두 사람은 진즉에 갈라섰을 것이다.

　게다가 남편 왕하오에게 오래전부터 내연녀가 있다는 사
실을 아는 진시아는 어떻게 해도 그와 부부 생활을 이어나
갈 자신이 없었다.

　물론, 흠은 그에게만 있는 것은 아니었다.

　자신 역시 여러 명의 남자들을 만나고 있었고, 그걸 왕하
오도 알고 있었지만 서로 같은 처지이기에 말을 꺼내지 않

을 뿐이었다.

그러다 두 사람에게 왕푸첸이란 아들이 생겼고, 또 아직까지 정정하게 두 눈 시퍼렇게 뜨고 있는 부모님들 때문에 헤어지겠다는 생각을 하지 않고 지금까지 버틴 것이다.

그런데 두 사람이 부부라는 관계를 유지해 주던 끈인 아들 왕푸첸이 죽었다.

비록 불미스러운 사건을 저지르고 당국의 처벌을 받아 죽었지만, 진시아는 그것을 용납할 수가 없었다.

어찌 되었든 자신의 사랑하는 아들이 죽었으니 누군가는 책임을 져야만 했다.

그렇다고 막강한 권력과 힘을 가진 당과 톈진 시장이란 배경을 가진 리메이링에게 복수할 수는 없었다.

그랬다가는 복수는커녕 준비를 하기도 전에 자신의 목숨이 위태로워질 것이 빤했기 때문이다.

그런데 다행히도 리메이링 말고도 복수를 할 대상이 있었다.

비록 젊고 잘생긴 미남 스타라 마음에 들어 자신의 것으로 만들면 좋겠지만, 그것보단 복수가 우선이었다.

그래서 비록 관계가 좋지 못한 남편에게 없는 아양까지 떨 생각을 하며 입발림 소리까지 해가며 부추겼다.

하지만 남편도 아들의 죽음에 복수를 하려고 벼르고 있던 모양인지 싫은 일까지 할 필요도 없이 너무 쉽게 일을 진행할 수 있었다.

그러나 복수는 쉽지 않았다. 청부를 받은 자들이 너무도 멍청하게 실패하고 말았다.

그리고 나서 진시아는 보기 싫은 꼴을 볼 수밖에 없었다.

원수가 미국의 의회 훈장을 받는다는 뉴스를 보게 된 것이다.

잘생긴 외모와 유창한 중국어 실력으로 중국인들의 가장 큰 사랑을 받는 외국인 스타인 정수현이 테러를 막고, 테러범들을 잡은 공로로 훈장을 받는다는 소식은 중국인들에게도 큰 뉴스였기 때문이다.

그래서 중국에서도 이를 대대적으로 알렸다.

사실 중국 당국이 외국인인 수현이 미국에서 훈장을 받는다는 소식을 이렇게 크게 다룬 것은 전적으로 정치적 목적에 의한 일이었다.

사실 미국도 그렇지만 중국도 테러에서 안전한 나라가 아니다.

티베트와 위구르 자치주에서 티베트족과 위구르족이 자주 독립을 요구하며 테러가 종종 발생했다.

하지만 따지고 보면 참혹한 사건을 만들어 내는 테러범들이 나쁘다고만 할 수는 없었다.

이는 테러범들에게 원인을 제공하는 중국 정부도 문제가 있기 때문이다.

중국 당국은 이들의 독립을 원칙적으로 인정하지 않고, 이러한 주장을 하는 티베트족과 위구르족을 가혹하다고 할 정도로 억압하며 탄압하고 있었다.

이 때문에 티베트에서는 종교적 지도자인 달라이 라마의 비폭력 독립운동을 지지하던 초기와 다르게 무장 독립운동을 하자는 쪽으로 돌아선 지 오래다.

위구르족 또한 합병 초기부터 무장투쟁을 해오고 있기에 중국 당국의 정보 통제로 외부에 잘 알려지지 않았을 뿐이지 1년에도 몇 차례씩 이들의 테러가 발생하고 있다.

그러니 테러에 대한 공포와 이를 방지하기 위해 수현의 일을 대대적으로 방영을 한 것이다.

그러다 보니 진시아는 아들의 원수가 찬양을 받는 모습을 말없이 지켜보아야만 했다.

그런데 얼마 전 원수의 부인이 죽었다.

자신과 남편이 청부한 일이 성공한 것이었다.

처음엔 원수인 정수현을 노리는 데 주력했지만, 이번엔 그의 주변 사람을 노린 것이었다.

비록 정수현은 아니지만 그의 부인, 그리고 뒤늦게 알게 된 사실이지만 죽은 부인이 임신해 아이까지 있었다고 하니 기분은 더욱 나아졌다.

원수도 자신처럼 자식을 잃은 참담한 심정을 느낄 수 있었고, 한술 더 떠 아내까지 잃은 상실감을 선사했다고 생각하니 마음이 한결 더 편해졌다.

아직 원한을 제대로 갚은 것은 아니지만, 매일이 요즘만 같으면 더 이상 원할 것이 없을 정도로 기분이 좋았다.

그 기분을 한껏 즐기기 위해 오늘도 쇼핑을 하기 위해 거리로 나왔다.

하지만 진시아는 누군가 자신을 지켜보고 있다는 것을 알지 못하고 쇼핑을 하는데 몰두했다.

*　　　*　　　*

복수를 하기 위해 길을 떠난 수현은 우선 미국과 국경을 맞대고 있는 캐나다로 향했다.

행적이 발각되면 그동안 꾸며 놓은 것들이 들통날 수 있었다.

그래서 멕시코 갱에게 받은 가짜 신분증과 여권을 이용해야 했기 때문에 출국 심사가 까다로운 미국을 피하려면 어쩔 수 없는 선택이었다.

물론 캐나다라고 해서 자신을 알아보는 사람이 없지 않을 것을 걱정해 특수촬영에 사용되는 인조 피부를 이용해 여권에 나와 있는 다른 사람의 얼굴로 분장하고 국경을 넘었다.

영화에서 몇 차례 분장을 해본 경험도 있고, 관심이 있어 직접 배워 보기도 했기에 심사를 통과 하는 것은 어렵지 않았다.

아니, 인생 게임, 스타 라이프의 재능 포인트가 남아 있어 포인트를 찍어 전문가 이상으로 만들어 놓았기에 국경을 수비하는 보안관들도 수현인지 알아보지 못하는 건 당연한 일이었다.

그렇게 캐나다로 들어간 수현은 또다시 다른 사람으로 분장하고, 또 다른 여권을 이용해 비행기를 타고 중국으로 들어갔다.

수현은 미리 현지에 정보 조사를 의뢰해 놓은 상태였기 때문에 공항에 도착하자마자 원수인 왕하오와 진시아의 자료를 넘겨받을 수 있었다.

왕하오와 진시아 부부가 부자이기는 하지만 이미 권력자인 리자준의 눈 밖에 나는 바람에 어렵지 않게 상세한 정보를 취득할 수 있었다.

만약 왕하오가 몰락하기 전이었다면 이렇게 쉽게 그의 정보를 받을 수는 없었을 것이다.

한때 왕하오도 중국의 권력자들과 관계를 맺으며 어깨에 힘을 주었지만, 망나니 같은 아들 때문에 잘 나가던 기업은 공중분해 되고 뒷돈으로 유지하던 인맥도 거의 다 사라져 버렸다.

그도 그럴 것이, 그의 아들 왕푸첸이 건드린 사람은 다른 이도 아니고 중국 공산당 권력 서열 20위 안에 들어가는 인물이었고, 현재는 그 서열이 더욱 올라가 10위권에 들어선 인물이다.

그러니 왕하오가 다시 일어서려면 죽은 아들 때문에 원수가 된 리자준에게 지고 들어가 관계를 개선하거나 리자준이 죽어야만 가능했다.

하지만 사실상 그럴 일은 어느 쪽이든 일어나지 않을 것이다.

그도 그럴 것이, 자존심 강한 왕하오가 리자준에게 고개를 숙이지도 않을 것이고, 리자준이 왕하오에 비해 나이가 적기에 암살이라도 하지 않은 이상 리자준이 권력을 내려놓기까지 한참이나 기다려야 했다.

또 설사 리자준이 권력에서 내려온다 해도 그가 속한 파벌의 힘이 사라지지 않는 이상 당의 원로로서 실질적인 권력은 없어져도 영향력은 사라지지 않을 것이기 때문이다.

그런 관계로 현재 왕하오는 중국 내부가 아닌 외부로 나가 기업을 일구려는 계획을 가지고 있었다.

하지만 당장은 당국의 감시를 받고 있는 중이라 섣불리 움직였다간 숨겨 둔 재산을 압수당할 수 있기 때문에 들키지 않기 위해 현재는 은인자중하고 있었다.

이러한 자세한 상황까진 알지 못하지만, 수현은 정보 상인을 통해 왕하오와 진시아의 일주일간 일정을 훤히 꿰뚫어 볼 수 있을 정도로 상당한 정보를 확보했다.

그 정보들에는 오늘 원수 중 한 명인 진시아가 명품 쇼핑을 위해 진바오후이를 방문할 것이라고 돼 있었다.

그래서 수현은 미리 그곳에 도착해 진시아가 오길 기다렸다.

그리고 잠시 후, 진시아가 모습을 드러내자 조금 떨어진 거리에서 쇼핑을 하는 척하면서 그녀를 살폈다.

예순이 넘은 나이에도 얼마나 관리를 잘 받았는지 겉보기에는 40대 후반에서 50대 초반으로 보일 정도로 피부가 좋았다.

물론 시력이 좋은 수현에게는 그것이 모두 성형수술과 피부 관리를 받아 그렇게 보인다는 것을 금방 눈치 챌 수 있었다.

'기분이 좋은가 보군… 하지만 그것도 오래가진 못할 것이다.'

수현은 쇼핑을 하며 즐거워하는 진시아의 모습을 보며 속으로 반드시 그녀의 기분을 망치고 말겠다고 다짐했다.

띠리릭.

수현이 진시아를 지켜보고 있을 때, 속주머니에 넣어 둔 휴대폰에서 신호가 왔다.

'뭐지?'

정보 상인에게서 온 문자였다.

타깃 1이 일정을 마치고 북경으로 돌아가고 있음.

짧은 내용이었지만 수현의 눈을 번쩍 뜨이게 하는 내용이었다.

수현이 중국에 도착한 날 하필이면 왕하오는 베트남으로 떠난 상태였다.

참으로 공교로울 수가 없었다. 만약 왕하오가 북경에 남아 있었더라면, 수현은 바로 복수를 했을 것이다.

하지만 넘겨받은 자료에 왕하오는 5일 전 오전 중에 베트남으로 일주일 일정으로 떠나고 없었다.

때문에 수현의 복수는 늦춰질 수밖에 없었다.

원수 중 한 명인 진시아가 남아 있지만, 괜히 그녀를 먼저 죽였다가 뭔가 수상함을 느낀 왕하오가 잠적할 수도 있었다.

변수를 만들지 않기 위해 수현은 왕하오와 진시아 두 사람을 한꺼번에 처리할 수 있는 기회를 기다리며 오늘은 진시아의 모습을 확인하려 했을 뿐이었다.

그런데 일주일 일정으로 베트남에 갔던 왕하오가 일정보다 이틀이나 일찍 일을 마치고 북경으로 돌아온다는 문자가 온 것이었다.

수현은 문자를 받자마자 시간을 허비하지 않아도 된다는 생각에 차가운 미소를 지었다.

'오늘이다…….'

이젠 굳이 더 이상 진시아를 지켜볼 이유가 없어졌다.

정보에 따르면 진시아는 부정을 저지르며 난잡한 사생활을 즐기기는 하지만 저녁에는 무조건 집으로 들어간다고 되어 있었기 때문이다.

참으로 이해할 수 없는 생활 패턴이지만 수현의 입장에선 아무래도 좋았다.

아니, 진시아가 갑자기 사라질 염려를 할 필요가 없기에 오히려 고마울 지경이었다.

*   *   *

밤 10시, 주윤캉은 퇴근하고 집에서 쉬는 중이었지만, 사장인 왕하오의 부름에 별수 없이 왕하오의 저택으로 올 수밖에 없었다.

평소 같았으면 다음 날 출근해 보고를 받았을 왕하오였지만 무슨 일인지 베트남에서 돌아오자마자 자신을 부른 것 때문에 조금 긴장하며 이곳에 왔다.

"부르셨습니까?"

저택에 들어선 주윤캉은 허리를 숙이며 정중하게 인사를 했다.

"그래, 감찰 부장은 만나 봤나?"

왕하오는 조심스러운 목소리로 물었다.

그도 그럴 것이, 자신의 자금을 안전하게 국외로 빼낼 수 있는 힘을 가진 사람들 중 그가 부탁할 수 있는 마지막 사람이기 때문이다.

기율위의 부서기이며 국가 감찰 위원회 부주임을 겸직하고 있기에 만약 그의 내락만 떨어진다면 묶여 있는 자금을 해외로 옮길 수 있었다.

물론 그만한 대가를 치러야겠지만 어차피 돈이 얼마가 들든 상관없었다.

이미 자신이나 친척들은 당 고위직에 있는 리자준에게 찍힌 상태이기에 더 이상 중국 내에서 사업을 할 수가 없었다.

막말로 돈이 있으면 뭐 하겠는가. 자신의 돈이지만 마음대로 가져다 쓸 수도 없고 언제나 감시를 받고 있는데.

그나마 다른 사람의 명의로 빼돌렸기에 아직 걸리지 않은 것이지 자신의 명의로 가지고 있었으면 망나니 같은 아들이 사고를 쳤을 때 몰수당했을 것이다.

아들 하나 있던 것이 사고를 제대로 쳐 버려서 집안을 말아먹었다.

하필 건드릴 사람이 없어 관얼다이, 그것도 권력 서열 상위의 위원의 딸을 건드렸다.

단순히 그냥 시비가 붙은 것도 아니고 납치를 하려고 했다.

그나마 자신이 뒷거래로 관계를 트고 있던 이들에게 로비해 몸이라도 무사히 빼낼 수 있었는데, 이게 정신을 차리기는커녕 오히려 더욱 커다란 사고를 쳤다.

한 번 사고를 쳤다 나왔으면 사건이 잠잠해질 동안 자숙을 해야 함에도 불구하고, 흑사회 쓰레기를 동원해 이번에는 납치 살인을 하려다 걸렸다.

사고를 치려면 차라리 아무도 모르게 마무리를 짓든가, 그럴 자신이 없다면 애초부터 찌그러져 있든가 하는 게 옳았다.

그런 생각을 할 수 없던 아들은 흑사회 쓰레기들과 함께 공안에 붙잡혔다.

더욱 황당한 것은 자신에게 망신 준 광대를 죽여 복수를 하겠다 나선 아들이 텐진 시장의 딸 리메이링을 납치하려 시도하다 이를 막아 선 수현에게 총을 쐈다는 점이다.

이런 사실이 언론에 알려지자 이전에 겨우 무마시켜 놓은 아들의 부녀자 납치 미수 사건이 함께 공개되고 말았다.

자신이 막대한 돈을 들여 무마시킨 일이 만천하에 공개된 것이다.

그러자 회사 앞은 쏟아져 나온 정수현의 팬들에 의한 시위로 업무를 볼 수 없을 정도로 시끄러워졌다.

하지만 겨우 그 정도 문제로 일이 끝나지 않았다는 게 문제다.

정수현은 그가 아는 단순한 광대가 아니었다.

외국인이지만 중국인들에게 가장 사랑 받는 톱스타였다.

뿐만 아니라 국가 주석인 시평안 주석도 관심을 가질 정도의 인물이었다.

그러자 중국 내부뿐만 아니라 아시아 각국은 물론이고, 전 세계적으로 수현과 리메이링, 사건을 일으킨 왕푸첸 간의 스토리가 널리 퍼지면서 큰 관심을 불러일으켰다.

한 번 일기 시작한 바람은 그칠 줄 모르고 거세지기만 했고, 이전에 감춘 사건들까지 드러나면서 왕푸첸의 모든 범죄 사실이 낱낱이 밝혀졌다.

왕푸첸의 범죄 행각은 이루 말할 수 없을 정도로 많았는데, 부녀자 납치 및 성폭행은 이루 헤아릴 수 없이 많았으며 그중 일부 여성들은 행방불명되거나 암매장 된 것으로 밝혀졌다.

뒤늦게 이러한 사실이 공개되면서 왕푸첸은 사형이 언도되었고, 이례적으로 빠르게 형이 집행되었다.

이전 같았으면 어떻게든 돈으로 막아봤을 테지만 이번에는 그럴 수 없었다.

왕푸첸이 건들인 사람이 다른 사람도 아니고 텐진 시장의 딸이었기 때문이다.

그와 동시에 왕하오의 사업체도 국가 감찰 위원회의 조사를 받게 되었다.

중국의 정부 부처나 기업들의 기율을 감찰할 수 있는 권한을 가지고 있는 감찰 위원회에 압력을 넣은 리자준으로 인해 도저히 손쓸 방도가 없었다.

리자준만 아니었더라도 막아볼 여지가 생겼겠지만, 자신이 가지고 인맥으로는 리자준을 막을 수 없었다.

그는 국가 권력 서열 17위로 왕하오가 관계를 맺고 있는 인맥 최상위에 있는 고위급 인사들보다 한참이나 서열이 높았다.

그러다 보니 자신과 관계를 맺은 인물들 중 상당수가 아들이 사고를 친 이후부터 더 이상 관계를 지속할 수 없다며 일방적으로 통보하기 시작했다.

일련의 일들이 너무나 단시일 안에 벌어졌기 때문에 왕하오는 제때 자금을 빼돌리지 못했고, 운영하던 기업은 산산조각 나버렸다.

그나마 융통할 수 있던 돈은 아들과 함께 감옥에 갈지도 모르는 상황을 무마하기 위해 뇌물로 소모하고 말았다.

그렇게 대규모 기업을 운영하던 왕하오는 기업을 당에 뺏기고 하루아침에 실직자가 되고 마는 지경에 이르고 말았다.

다만 숨겨둔 자금과 처가가 있었기에 나락으로 떨어지는 것만은 면할 수 있었다.

그건 왕화오에게 천만다행인 일이었다.

다시 한 번 재기를 노려볼 수 있다는 말이었기 때문이다.

그렇기에 왕하오는 어느 정도 시간이 지나가 자신에 대한 감시가 소홀해지기를 기다렸다.

그러고 나서 지금, 다시 한 번 재기를 하기 위해 분주히 움직이기 시작한 것이다.

그 첫 걸음이 남은 인맥을 이용해 숨겨 둔 비자금을 해외로 빼내는 것이었고, 이를 위해 비서인 주윤캉에게 국가 감찰 위원회의 부주임을 만나보라 한 것이었다.

그가 손을 써준다면 무사히 비자금을 해외로 빼돌릴 수 있기 때문이다.

해외로 빠져나가는 비자금을 감시하는 기구가 바로 국가 감찰 위원회인데, 그곳의 감독관인 양샤오차오가 허락하는데 막을 수 있는 사람은 아무도 없을 것이다.

"선물이 적은지 난색을 표했습니다."

주윤캉은 굳은 표정으로 자신이 느낀 바를 솔직히 전했다.

"뭐? 800만 달러가 적다고?"

왕하오는 주윤캉의 말에 너무 황당했다.

비자금을 해외로 빼돌리는 데 800만 달러면 됐지 도대체 얼마를 생각하고 있기에 액수가 적다며 거절을 한다는 말인가.

아무리 중국 경제가 날로 상승을 한다고는 하지만 백만 달러는 결코 적은 돈이 아니었다.

홍콩달러도 아니고 미국 달러로 백만 달러면 위안화로 5천5백만 위안이나 되었다.

그런데 그것이 적다고 하니 양샤오차오의 욕심이 얼마나 대단한 것인지 짐작할 수 있었다.

"그래서? 얼마를 더 달라는 것이야?"

하지만 왕하오의 입장에선 어쩔 도리가 없었다.

무사히 비자금을 빼돌리기 위해선 그가 원하는 금액을 맞춰 줘야만 했다.

어차피 가지고 있다고 해서 중국 내에서는 쓰지도 못하는 돈이기 때문이다.

그런 관계로 왕하오는 피눈물을 삼키고 필요한 자금이 얼만지 물었다.

"음… 두 장 더 쓰라고 하시더군요."

"두 장? 설마 천만?"

자신이 잘못 들은 것은 아닌가 하는 생각에 다시 한 번 되물었다.

천만 달러면 위안화로 7000만 위안이었다.

중국 인민의 1년 평균소득이 1만 3천 위안이다.

그 말은 중국인 한 명이 5,384년을 한 푼도 쓰지 않고 모아도 다 모을 수 없는 천문학적인 금액이란 뜻이었다.

중국 기업 중 가치 평가에서 천만 달러를 달성하지 못하는 기업이 수두룩하며 1년에 그 정도 수익을 내는 기업도 많지 않았다.

　그런데 그런 금액을 한 번에 요구하고 있었다.

　물론 그 정도 뇌물을 주고도 남을 정도로 비자금은 많았다.

　하지만 가지고 있는 것과 다른 사람에게 주는 것은 아주 다른 문제다.

　이렇게 왕하오가 뇌물 문제로 고민을 하고 있을 때, 왕하오의 저택을 주시하는 사람이 있었다.

　아직 집안에 불빛이 흘러나오고 있는 관계로 시간이 좀 더 흐르기를 기다리며 복수의 불길을 되새기고 있는 존재가 이를 지켜보고 있었다.

Chapter 7
첫 번째 복수

어두운 밤, 수현은 복수를 하기 위해 왕하오 부부의 집을 감시하고 있다.

그러다 늦은 시각 차량 한 대가 왕하오의 저택으로 들어가는 것을 발견했다.

'이 시간에 누구지?'

어두워 잘 보이지 않았지만, 흐릿한 불빛에 비친 그림자로 보면 남자인 것은 확실했다.

'아! 주윤캉이란 비서가 있다고 했지.'

수현은 자신이 획득한 정보를 바탕으로 방금 전 저택 안으로 들어간 차량의 주인이 누군지 짐작할 수 있었다.

수현은 왕하오의 정보를 넘겨받으면서 그 주변 인물에 대한 정보도 넘겨받기를 잘했다고 생각했다.

정보에 따르면 주윤캉은 왕하오의 오른팔과 같은 존재였고, 업무로 비서를 하고 있었다.

그리고 출장을 다녀온 날 이렇게 늦은 시간에 집으로 불러올 사람은 주윤캉 말고는 적합한 인물이 떠오르지 않았다.

수현은 방금 저택으로 들어간 사람이 주윤캉이 확실하다는 판단을 내렸다.

'음… 생각지 못한 변수인데…….'

수현은 잠시 왕하오의 저택을 감시하는 것을 중단하고 생각에 잠겼다.

왕하오의 집은 평범한 주택이 아니라 아주 커다란 장원이었다.

유럽식 저택이 아닌, 오래전 중국의 부유층이 지내던 집처럼 커다란 울타리 안에 여러 개의 중간 문이 있는 그런 고풍스런 집이었다.

그렇다고 최첨단 시설이 없는 것은 아니었다.

어렵게 입수한 장원 배치도를 보면 신구의 조화가 아주 잘 된 집이었으며, 곳곳에 감시 카메라와 경비견들이 돌아다녔다.

감시 카메라야 사각이 있어 충분히 피할 수 있지만, 경비

견은 그런 감시 카메라의 사각을 충분히 커버할 수 있을 정도로 저택 곳곳에 자리 잡고 있었다.

특히, 왕하오가 경비견으로 쓰고 있는 견종은 사납기로 유명한 티베탄 마스티프였다.

흔히들 수사자의 갈기를 연상시키는 모습 때문에 사자견이라고도 불리는 티베탄 마스티프는 우리나라 진돗개나 풍산개처럼 머리도 영리하고 주인을 아주 잘 따라 중국에서는 아주 고가에 거래되는 품종의 개이기도 했다.

실제로 왕하오의 사업들 중 하나가 바로 이 티베탄 마스티프 분양 사업이었다.

한 마리당 수억에서 수십억 원에 거래가 되니 충분히 수익성이 보장된 사업이기도 했다.

특히나 다른 사람들의 시선을 많이 의식하는 중국인들의 성향상 이 티베탄 마스티프 분양사업이 망할 일도 없을 것이다.

물론 어떤 사업이라도 위험하지 않은 사업은 없겠지만 중국의 경우 티베탄 마스티프는 부유층 아니, 상류층에게 무조건 가지고 있어야만 하는 완소템이었기에 중국 공산당에서 이를 막지 않는 이상 망할 수가 없는 사업이다.

게다가 현재 모든 사업이 막혀 있는 상황에서 왕하오가 아직도 펑펑거리며 살 수 있는 이유는 그에게 남은 유일한 사업이 바로 이 티베탄 마스티프 분양 사업이었기 때문이다.

그리고 현재까지 유지하고 있는 인맥은 바로 이 티베탄 마스티프를 뇌물로 분양하면서 관계를 맺은 인맥이니 그에게 둘도 없이 소중했다.

아무튼, 왕하오의 집은 감시 카메라와 이 위험하면서도 충성스러운 티베탄 마스티프로 인해 안전하다고 할 수 있었다.

복수를 위해 이곳을 찾은 수현에게도 감시 카메라보다는 이 티베탄 마스티프의 경계망을 통과하는 것이 문제였다.

하지만 수현은 감시 카메라는 차치하고 티베탄 마스티프 역시 별 문제가 되지 않을 것이라 생각했다.

그도 그럴 것이, 살인 곰이라 불리는 그리즐리 베어도 눈빛만으로 제압하는 수현이다.

그런 수현이 대형견이라고 하지만 겨우 개에 불과한 티베탄 마스티프를 두려워할 이유가 없었다.

그저 티베탄 마스티프가 소란을 일으켜 사람들이 몰리는 것이 귀찮을 뿐이다.

그렇기에 사람들이 잠들 시간까지 기다리는 중이었지만, 굳이 시간을 허비하며 늦은 시간까지 기다릴 필요가 없을 것 같다는 생각이 들었다.

북경이라고는 하지만 왕하오의 집은 시내에서 한참이나 떨어진 외각이었다.

사실 이 정도로 큰 장원을 가지려면 왕하오라고 해도 북경 시내에선 사실상 불가능한 일이기에 현실적인 선택을 할 수 밖에 없었다.

더욱이 북경은 중국의 수도이며 외국인도 많이 찾는 도시이기도 하다.

그러니 그들에게 익숙하지 않은 첨단과는 거리가 먼 이런 장원을 북경 내에 건설한다는 것은 그의 인맥이나 재력만으로는 당국의 허가를 받아내기가 쉽지 않았을 것이다.

그래도 왕하오의 성격상 행적 구역상 북경 안에는 자리 잡아야 한다는 생각 때문인지 중심가에서 상당히 떨어진 외각임에도 장원을 지은 것이리라.

서구의 부유층들이 그렇듯 중국의 부호들 역시 자신이 사는 곳이 복잡한 것은 싫어해 넓은 저택이나 장원을 짓고 왕처럼 산다.

실제로 왕하오의 장원에서 가장 가까운 곳에 있는 인가가 10㎞ 이상 떨어져 있으니 이곳에서 문제가 생기더라도 상당한 시간이 지나야 사람이 모습을 드러내기 시작할 것이다.

그런고로 주변의 시선을 의식할 필요가 없었다. 그렇다면 티베탄 마스티프에 대한 걱정도 한시름 덜 수 있었다.

하지만 이런 조건들은 자신이 일을 처리하고 빠져나가는 데에도 악조건으로 작용한다는 말과 같았다.

그 때문에 사람들의 이목을 피할 수 있는 시간을 기다리다 새벽에 침투하는 것도 수현에게 마냥 유리한 것만은 아니었다.

'쳇, 완벽한 준비를 한다고 해서 모든 상황에 대비할 수 있는 게 아니라면…….'

여러 문제를 두고 고민하던 수현은 더 늦어지기 전에 장원으로 침투하기로 결정을 내렸다.

더욱이 원수는 이들 왕하오 부부만 있는 것이 아니라 중동에 있는 이슬람 테러 집단도 남아 있었다.

겨우 두 명에게 복수하기 위해 완벽하게 유리한 상황을 기다리며 마냥 시간을 허비할 순 없었다.

앞으로 상대해야 할 원수들은 테러를 생활로 삼은 이들이다.

조직은 거대하지만 추적당할 것을 염두에 두고 움직이는 놈들이다.

아무리 운이 좋다고 해도 짧은 시간 안에 일망타진할 순 없을 것이다.

타탁!

결심이 서자 수현은 행동을 개시했다.

빠른 걸음으로 장원의 담벼락까지 다가가 바짝 붙어 섰다.

물론, 장원의 담 위에 설치된 감시 카메라의 사각을 이용해 담벼락까지 오는 길은 해가 지기를 기다리며 수십 번은

신경 써서 점검했기 때문에 아직까지 들키진 않았을 것이다.

이미 시간은 열 시를 넘어 열한 시가 다 되어가고 있었다.

이 시각이면 경호원들도 최소한의 인원만 남겨 두고 잠자리에 들었을 것이다.

수현은 잠시 벽에 달라붙은 채 숨을 고르며 감시 카메라가 움직이지는 않는지 주시했다.

정말 성실한 경호원이 감시 카메라의 화면을 바라보고 있었다면 움직이는 물체가 무엇인지 확인하기 위해 카메라를 조작했을 것이기 때문이다.

하지만 카메라는 조금도 움직이지 않았고, 렌즈가 줌 인, 줌 아웃 하는 미세한 소리도 들리지 않았다.

자신이 들키지 않았다고 확신한 수현은 다음 수순으로 넘어갔다.

지익!

수현은 경비견인 티베탄 마스티프들의 시선을 모으기 위한 미끼를 등에 지고 있던 가방에서 꺼내 장원 안으로 던졌다.

미끼는 도살장에서 구입한 돼지의 넓적다리 뼈였다.

살점이 약간 붙어 있었기 때문에 개들을 유인하는 데 그만일 것이다.

역시나, 돼지 뼈가 담 너머의 땅에 떨어지기 무섭게 여러 마리의 개들이 몰리는 부산스러운 발자국 소리가 들렸다.

수현은 더 기다리지 않고 2.2m의 담을 훌쩍 뛰어넘었다.

수현이 담을 넘어오자 돼지 뼈에 정신이 없던 개들이 수현을 쳐다보았다.

이미 훈련이 된 개들이다 보니 소리를 지르지 않고 달려들어 수현을 공격하려는 자세를 취했다.

하지만 수현은 어둠 속에서도 덤비면 죽인다는 느낌으로 눈빛에 살기를 담아 개들을 노려봤다.

살인 곰인 그리즐리 베어도 제압한 시선을 받은 개들은 순간 포식자의 앞에선 피식자마냥 몸이 굳어져 버렸다.

끄응.

사납기로 이름난 티베탄 마스티프들이 일순간 수현의 눈빛에 제압돼 몸을 낮추고 일부는 벌러덩 배를 드러내 보이며 항복의 표시를 했다.

그런 티베탄 마스티프들의 모습에 수현은 살짝 입가에 미소를 짓고는 가방에 담아 가져온 돼지 뼈들을 모두 꺼내 바닥에 쏟았다.

그런 수현의 모습에 티베탄 마스티프들은 자리에서 일어나 꼬리를 흔들며 마치 주인에게 하듯 수현에게 다가와 수현의 다리에 몸을 비비며 재롱을 떨었다.

"쉿, 조용히 하고 먹어라."

수현은 낮은 목소리로 그렇게 이야기하며 티베탄 마스티프들을 하나하나 털을 쓸어 주었다.

그런 수현의 모습에 티베탄 마스티프들은 더욱 친근하게 꼬리를 흔들었다.

탁! 탁!

수현은 그런 티베탄 마스티프들의 머리를 가볍게 내리쳐 주고는 다시 장원 안으로 뛰어 들어 갔다.

경비견인 티베탄 마스티프를 처리한 수현은 감시 카메라의 사각을 철저히 이용해 왕하오 부부가 살고 있는 본관에 접근했다.

* * *

본채 내부에는 감시 카메라가 없었다.

아마도 가족들만의 공간이다 보니 아무리 부리는 사람들이라고는 하지만 그들에게 자신들의 일상을 보이기는 싫었는지 설치를 하지 않은 모양이었다.

본채 안으로 들어선 수현은 그래도 주변을 살피며 조심스럽게 실내를 살폈다.

얼마 쯤 걸었을까. 청각에 집중하며 움직이다가 어디선가 작은 목소리가 들리는 듯했다.

목소리가 들리는 곳을 따라가 보니 굳게 닫힌 문이 보였다.

수현은 조심스럽게 문에 귀를 가져다 댔다.

[왕빠단!]

문가에 귀를 기울이자 가장 먼저 들린 단어는 중국인들이 가장 심한 욕이라고 하는 '왕빠단' 이라는 말이었다.

무엇 때문에 그렇게 화가 난 것인지 모르겠지만 참으로 웃긴 말이 아닐 수 없었다.

왕빠단의 '왕빠' 는 거북이를 뜻한다. 그리고 왕빠 뒤에 나오는 '단' 이란 단어는 알이란 뜻이다.

즉 거북이 알이란 말로 의역하면 거북이 새끼 정도다.

하지만 정확한 뜻은 한국인들이 흔히 쓰는 개새끼와 비슷하다 할 수 있다.

한국인들이 개새끼라고 욕하는 것은 욕을 먹는 당사자뿐만 아니라 그 부모까지 싸잡아 욕을 하는 것처럼 왕빠단이란 단어도 실은 그 부모까지 함께 욕하는 단어다.

그런데 중국인들은 참으로 웃긴 것이 사실 왕빠단이란 욕이 나올 수 있던 배경에는 거북이에 대한 완전 무지한 상태에서 오해로 빚어진 말이기 때문이다.

고대 중국인들이 보기에 거북이는 겉은 딱딱한 갑옷과 같은 뼈로 둘러싸여 있어 거북이끼리는 정상적으로 새끼를 낳을 수 없을 것이라 생각했다.

그래서 고대 중국인들은 거북은 모두 암컷만 있고 수컷은 없어 다른 동물의 도움을 받아 임신해 알을 낳는다 생각을 했고, 이때 어떤 동물과 교합을 할까 생각하던 중 거북의 머리가 뱀과 닮은 것을 생각해 내고 암컷 거북과 수컷 뱀이 교합해 알을 낳는다는 상상을 하게 된 것이었다.

그래서 생겨난 것이 상상의 동물 현무다.

아무튼 이런 고대 중국인들의 상상으로 거북에 대한 오해가 생기고 왕빠단 즉, 거북의 알은 거북이란 종의 알이 아닌 뱀과 교합하여 낳은 알, 인간으로 치면 아비가 다른 사람인 것이다.

즉, 엄마가 부정을 저질러 낳은 자식이 바로 너란 소리다.

그런데 지금 문의 안쪽에서 왕하오가 누군가를 향해 그런 욕을 하고 있었다.

아마도 욕을 듣고 있는 사람이 왕하오의 명령을 재대로 이행하지 못했거나 뭔가 일이 제대로 풀리지 않아 화를 내는 것 같았다.

수현은 안에서 들리는 소리로 방 안에 몇 명이 있는지 좀 더 자세히 알아보기 위해 더욱 귀를 기울여 집중했다.

[그럼 어떻게 해요? 계속해서 이렇게? 난 더 이상 이렇

게는 못 지내!]

왕하오가 한 차례 괴성을 지르고 난 뒤, 이번에는 불만에
찬 여자의 목소리가 들렸다.

여자의 목소리에 수현은 방금 떠든 여자가 누군지 단번에
알 수 있었다.

오늘 낮에도 뭐가 그리 좋은지 엄청난 쇼핑을 즐기던 진
시아가 어처구니없는 말을 하고 있었다.

중국에 도착을 하고 며칠을 따라다니며 지켜본 결과, 진
시아는 무척이나 호사스러운 생활을 하고 있었다.

분명 그가 듣기로 왕하오의 사업은 망했다.

왕푸첸의 일로 막대한 뇌물을 썼으며, 자신과 리메이링을
납치해 살인을 하려다 붙잡혀 극형을 선고 받은 뒤 그의 여
죄가 밝혀지면서, 아들의 범죄를 감추기 위해 왕하오가 하
던 일들까지 뒤늦게 알려지며 왕푸첸에 이어 왕하오까지 중
국 당국의 처벌을 받을 위기에 처했다.

하지만 왕하오는 자신이 살아남기 위해 운영하던 기업을
당국에 넘기면서 목숨을 구할 수 있었다.

그래도 부자가 망해도 3대는 간다고 하던가. 그의 집안
과 처가인 진시아의 집안에서 도움을 주어 살고 있는 집은
건질 수 있었으며, 숨겨둔 재산도 상당해 호사스러운 생활
은 물론이고, 아들 왕푸첸의 죽음과 연관된 수현에게 복수

를 하기 위해 살인 청부를 할 수 있을 정도는 됐다.

그런데 웃긴 것은 이들 부부는 아들의 복수를 부르짖으면서도 수현처럼 다른 일 따위는 모두 뒤로 제쳐 놓고 복수에 전념하는 것이 아닌, 자신들의 평소 생활을 유지하면서 복수는 다른 곳에 의뢰를 했다는 것이다.

참으로 알 수 없는 정신세계를 가진 부부였다.

'세 명인가?'

수현이 목소리를 통해 문 너머에 있는 이들의 정체와 숫자를 파악하기 위해 노력했지만 완벽하다고 말할 순 없었다.

수현의 귀로 들린 목소리로 종합해 보면 최소 세 명 이상이라는 결론밖에 내릴 수 없었다.

그렇지만 최소 세 명 이상이라고 하지만 방 안의 인원은 그리 많지 않은 것으로 생각됐다.

그도 그럴 것이, 왕하오와 진시아 부부의 목소리는 또렷하게 들렸고, 작은 목소리지만 또 한 사람의 목소리도 들을 수 있었다.

하지만 그 외의 다른 사람의 목소리나 기척은 감지할 수 없었기에 방 안에 그리 많은 인원이 있을 것이란 생각은 들지 않았다.

'후우!'

수현은 커다란 본채에 그렇게 사람이 많지 않다는 것을

뜻밖의 행운이라고 생각했다.

어쩌면 왕하오 부부가 자신들을 지켜 주는 경호원들이라고 하지만 그들을 잘 믿지 않는 것은 아닌가 하는 생각도 들었다.

이러거나 저러거나 수현에게 나쁘지 않은 현상이었다.

'좋아, 간다!'

바로 몇 센티 두께의 문 너머에 원수들이 있다는 생각이 들자 분노가 끓어오르며 이 좋은 기회를 놓칠 수 없다고 생각한 수현은 더 이상 지체하지 않고 문을 열고 안으로 뛰어 들었다.

*   *   *

예상대로 방 안에는 세 사람 이상이 있었다.

두 명의 남자와 한 명의 여성이 문을 박차고 들어오는 자신을 보고 깜짝 놀라는 모습이 눈에 보였다.

하지만 수현은 망설임 없이 세 사람을 제압하기 위해 움직였다.

가장 먼저 문을 열고 들어와 뒤통수를 보이고 있던 사내의 뒷덜미를 쳐 기절을 시켰다,

그리고 나서 자신을 정면으로 바라보고 있는 사내와 눈이 마주쳤지만, 수현은 단 한 점의 망설임도 없이 그의 목울대

를 손목의 스냅을 이용해 가볍게 쳤다.

"컥!"

목울대를 가격당한 왕하오는 순간적으로 숨이 막혀와 답답한 신음을 터뜨리며 고통이 전해지는 목을 잡고 그 자리에 주저앉아 허리를 굽혔다.

그러자 왕하오의 뒷목이 수현의 눈에 들어왔다.

왕하오의 급소가 한눈에 들어오자 수현은 이번에도 망설이지 않고 바로 수도로 그의 뒷목을 내려쳐 기절시켰다.

이 모든 것이 문을 열고 방 안으로 침입하고 불과 1~2초 안에 벌어진 일이라 두 사람이 수현의 기습에 기절을 할때까지도 진시아는 지금 무슨 일이 벌어지고 있는지 알지 못했다.

퍽!

하지만 수현은 여자라고 봐주지 않았다.

아니, 오히려 정보 상인에게서 넘겨받은 자료에 의하면 폭군과도 같던 왕하오보다 그의 부인인 진시아의 성격이 더 악독했으며, 아들 왕푸첸이 사고를 쳤을 때보다 더 잔인하게 일처리를 한다고 명시돼 있었다.

그러한 사실을 알았기에 수현은 진시아의 명치에 주먹을 먹이고 고통과 두려움에 떠는 그녀가 더 이상 반항하지 못하게 제압했다.

남편과 남편의 비서가 순식간에 정신을 잃고 쓰러지는 모습을 보았기에 몸에서 고통이 느껴지는 와중에도 진시아는 어떠한 반항이라도 할 생각을 못하고 그저 수현이 하는 걸 흘러나오는 신음을 참으며 바라볼 수밖에 없었다.

등에 지고 온 가방에서 두꺼운 케이블 타이를 꺼내 세 사람을 각각 한 의자에 한 명씩 묶었다.

혹시나 떠들어 소리가 밖으로 세어 나갈 것을 걱정했지만 의외로 이 방은 방음 설계가 잘 되어 있는지 소리가 격한 움직임으로 발생한 소음을 듣고 찾아오는 사람은 아무도 없었다.

탁!

방음까지 체크를 한 수현은 문을 닫고 방 가운에 있는 커다란 원목 테이블을 한쪽으로 밀어 공간을 넓혔다.

그리고 의자에 묶여 있는 세 사람을 한 명씩 적당한 간격으로 떨어뜨려 놓았다.

"으, 으으……."

아직 정신을 잃지 않고 수현이 하는 모습을 지켜보던 진시아는 아무런 말없이 이것저것 체크하며 무거운 원목 테이블까지 혼자서 밀어 방의 구조를 바꾸는 것을 두려운 눈으로 쳐다보며 자신도 모르게 신음을 흘렸다.

예순에 가까운 세월 동안 살아오면서 진시아는 수현처럼 날렵하고 300kg이 넘어가는 무거운 원목 테이블을 혼자 밀어 이동시키는 사람은 처음 봤다.

스타라이프

그리고 더욱 무서운 것은 지금까지 한마디도 말을 하지 않고 묵묵히 자신의 할 일만 하고 있다는 점이다.

사람이 아무 말도 없이 자신의 일만 하는 것이 얼마나 두려울 수 있는 일인지 진시아는 처음으로 알게 되었다.

이전까지만 해도 그녀가 생각하는 무서운 사람은 험상궂게 인상을 쓰고 악쓰며 위협하는 것이었다.

외형적으로 남들이 봐서 다들 겁먹을 만한 것들이 그녀가 생각하는 무서운 것이었다.

하지만 오늘, 진정 두려운 것은 그런 것들이 아니라는 것을 느꼈다.

침묵이란, 지켜보는 이를 진정으로 공포에 빠지게 만들 수 있는 것은 싸늘한 식은 공기라는 것을 알게 되었다.

짝! 짝!

적당히 자리 배치가 끝나자 수현은 기절해 있는 왕하오와 주윤캉의 뺨을 때렸다.

"윽!"

"억!"

왕하오는 갑자기 자신의 뺨에서 느껴지는 통증에 비명을 지르며 눈을 떴다.

"뭐, 뭐야?"

그리고 무슨 일인지 알아보기 위해 소리를 질렀다.

하지만 그의 질문에 대답을 해주는 이들은 아무도 없었다.

그렇지만 대답을 듣지 않아도 무슨 일이 벌어지고 있는지는 금방 깨달을 수 있었다.

"넌… 누구냐? 누군데 내 집에 침입해 이런 짓을 벌이는 것인가?"

뺨에서 느껴지는 고통을 참으며 그는 수현을 노려보며 물었다.

한때 대기업을 운영하던 사람이라 그런지 그는 현재 자신의 처지도 잊고 노려보는 것이었지만, 자못 카리스마가 묻어났다.

하지만 그런 왕하오를 상대하는 사람은 그의 밑에 있던 직원들이 아닌, 아내의 복수를 하기 위해 찾아온 복수귀였다.

퍽!

수현은 왕하오의 호통을 치는 듯한 질문에 대답하지 않고 조용히 그의 곁으로 다가가 아랫배에 주먹을 먹여주었다.

"크악!"

자신의 질문에 대답하기보다 폭행을 선택한 수현의 행동에 왕하오는 깜짝 놀라며 고통이 가득 찬 비명을 내질렀다.

아랫배에서 밀려드는 고통은 나이를 먹은 그의 노쇠한 육체로는 도저히 견딜 수 없는 수준이었다.

하지만 그는 조금이라도 고통에서 벗어나기 위해 발버둥

칠 수조차 없었다.

그도 그럴 것이, 그의 몸은 그가 앉은 나무 의자에 팔다리가 각각 따로따로 강하게 묶여 있었기 때문이다.

어찌나 꼼꼼하게 묶었는지 조금의 틈도 보이지 않을 정도였다.

왕하오는 아랫배가 아파왔지만 어떤 행동도 하지 못하고 거친 숨만 몰아쉬며 인상을 찌푸릴 수밖에 없자 미칠 것만 같았다.

한편 왕하오가 질문했다는 것만으로 아무런 말도 없이 폭행하는 수현의 모습에 주윤캉이나 진시아는 놀라서 입을 쩍 벌린 채 어떤 말도 하지 못했다.

'누구지? 누가 시킨 것일까?'

얼굴을 가리지도 않고 버젓이 드러내고 침입한 수현의 모습에 주윤캉은 긴장했다.

물론 그건 주윤캉이 착각하고 있는 것이었다.

현재 수현은 자신의 신분을 들키지 않기 위해 영화에서 사용하는 실리콘을 이용해 다른 사람의 얼굴을 하고 있었다.

하지만 너무 감쪽같이 변장에 이를 알아채지 못한 주윤캉은 자신의 앞에 선 남자의 정채를 파악하기 위해 노력했다.

범죄학에 의하면 범인이 자신의 얼굴을 가리지 않고 피해자들에게 공개한다는 것은 피해자로 하여금 범인의 정체를 타인에게 알리지 못하게 할 방법이 있거나, 아니면 애초에 피해자들을 살려두지 않겠다고 생각할 때 얼굴을 가리지 않는다고 한다.

수현이 다른 사람의 얼굴을 하고 있다는 사실을 모르는 주윤캉은 그런 생각이 떠오르자 자신이 죽을지도 모른다는 생각에 밀려드는 공포로 인해 순간 소변을 지리고 말았다.

"으으으……."

낮게 신음하는 소리가 들리자 수현은 왕하오에게 향한 시선을 돌려 주윤캉을 돌아보았다.

'응?'

주윤캉이 소변을 지린 것을 본 수현은 순간 미간이 찌푸려졌다.

하지만 사람이 공포를 느끼면 당연 그러기 마련이라 생각하고 시선을 돌렸다.

어차피 자신의 주목적은 주윤캉이 아니었기 때문이다.

수현이 이곳에 잠입한 목적은 아내인 셀레나와 이제 막 잉태된 자신의 자식을 죽게 만든 왕하오 부부였다.

수현은 아무런 감정도 섞이지 않은 기계적인 목소리로 조금 전 받은 왕하오의 질문을 되물었다.

"내가 누군지 궁금하나?"

조금 전까지 자신이 말했다는 이유만으로 폭행하던 상대가 입을 열자 왕하오는 얼른 수현의 질문에 응했다.

스탈라이트

"그, 그래! 무슨 일로 내 집에 허락도 받지 않고 들어와 이런 짓을 하는 것이지?"

피식.

수현은 왕하오가 하는 질문을 받고는 순간 너무도 어처구니없어 실소를 흘리고 말았다.

"네놈들이 한 짓을 생각하면 사방에 원수들이 깔려 있을 것 같은데? 그중 하나다."

자신의 목적을 바로 알려주기 싫었는지 수현은 자신을 노려보는 왕하오를 비웃으며 말했다.

그런 수현의 대답에 왕하오는 순간 당황했다.

사실 그 말처럼 자신을 죽이려는 사람은 한둘이 아니었다.

왕하오는 사업을 벌일 때는 물론이고, 살아오면서 자신과 조금이라도 척을 지거나 자신의 앞길에 방해가 되는 이들을 그냥 두지 않았다.

자신이 일어서기 위해선 남을 밟고 올라가야 한다고 생각했기에 자신의 앞길을 방해하는 이들을 가만두지 않았다.

자신의 능력이 닿는 대로 거꾸러뜨리고, 능력이 닿지 않을 때는 모함을 해서라도 상대를 치웠다.

그 과정에서 너무도 많은 이들과 원수지간이 되었다.

그렇기에 눈앞에 있는 이가 자신과 직접 원한 관계가 있는 사람인지, 원수가 청부한 살수인지 알 수가 없었다.

"왜? 너와 척을 진 사람이 너무 많아서 누가 시킨 것인지 알 수가 없어 당황했나?"

수현은 왕하오를 놀리듯 빙그레 웃었다.

하지만 수현의 목소리에는 듣는 이로 하여금 절로 두려움에 떨게 만드는 기운이 서려 있었다.

마치 맹수가 울부짖을 때, 초식동물이 그 소리를 듣고 몸이 굳어서 움직이지 못하는 것과 비슷했다.

왕하오와 진시아는 수현이 한 마디, 한 마디 할 때마다 자신도 모르게 몸을 떨었다.

"누구야? 누가 시킨 거야!"

수현의 말을 듣고만 있던 진시아가 두려움을 이기지 못하고 소리쳤다.

그러자 아내의 소리에 왕하오가 얼른 정신을 차리고 첨언을 했다.

"우리를 죽이는 대가로 얼마를 받았는지 모르겠지만, 그 두 배… 아니, 열 배를 주지, 대신 우리를 죽이라고 한 청부자를 죽여줘! 액수가 마음에 들지 않는다면 돈을 더 줄 수도 있어!"

자신들을 죽이라고 살인 청부를 맡긴 금액이 얼마인지는 모르겠지만, 그 금액의 열 배를 줄 테니 자신들을 죽이라고 한 의뢰인을 죽여 달라는 역청부를 한 것이다.

"큭, 큭큭, 하하하하!"

왕하오가 역청부를 제시하자 수현은 실소를 하더니 급기야 자신의 배를 움켜잡고 박장대소했다.

"하하, 지금 내게 살인 청부를 한 것인가? 내가 누군지 알고 그런 부탁을 하는 거지? 정말이지… 네놈들은 글러 먹은 새끼들이야!"

수현은 자신의 아버지뻘이나 되는 왕하오를 보며 소리쳤다.

그러고 나서 자신의 얼굴을 덮고 있는 실리콘 가면을 뜯어냈다.

"헉!"

자신의 의뢰에 실성한 듯 웃다가 화를 내며 자신의 얼굴 가죽을 벗기는 수현의 행동에 왕하오는 물론이고, 이를 지켜보던 주윤캉이나 진시아는 입을 크게 벌리며 놀랐다.

그만큼 수현의 행동은 정말이지 미친놈이나 할 짓이었기 때문이다.

아무리 화가 난다고 해도 자신의 얼굴 가죽을 잡아 뜯는 미친놈이 어디 있겠는가.

그런데 눈앞에 있는 사람이 버젓이 그런 행동을 하고 있으니 당연 수현을 미친놈으로 본 것이다.

하지만 그들은 곧 수현이 자신의 얼굴을 잡아당기는 것이 아니라 얼굴을 덮고 있는 가면을 벗는 것이라는 걸 알아차릴 수 있었다.

'어?'

그리고 수현의 정체를 가장 먼저 알게 된 사람은 바로 주윤캉이었다.

뒤이어 왕하오나 진시아는 설마 하면서도 믿을 수 없다는 표정을 지었다.

'복수를 하려고……'

셋은 공통된 생각을 가지고 있었다.

설마 세계적인 스타인 정수현이 직접 복수를 하려고 이곳에 침입을 할 것이라고는 상상도 못했기 때문이다.

물론, 주윤캉은 수현에게 문자를 보내 아내인 셀레나 로페즈 정이 죽은 이유와 범인이 누군지 알려 줬다.

하지만 그것은 왕하오 부부가 자식의 복수를 위해 사용한 방식처럼 수현도 같은 방식으로 자신의 상사를 죽이길 원했기 때문이다.

절대로 자신까지 죽고 싶은 생각은 없었다.

왕하오 부부의 은닉 재산을 국외로 빼돌리는 데 관여하고 있었기에 왕하오 부부만 사라진다면 그 재산을 자신이 가로챌 수 있었다.

더욱이 왕하오 부부는 알지 못하지만 주윤캉은 왕하오 집안과는 원수지간이었다.

처음부터 원수지간은 아니었지만 개망나니이던 왕푸첸으로 인해 원한을 가지게 된 케이스다.

왕푸첸 패거리가 성폭행을 한 여성들의 경우 수치심을 이기지 못해 자살을 선택하기도 했는데 그중 한 사람이 주윤캉의 여자 친구였다.

결혼까지 생각하던 여자 친구의 갑작스러운 죽음으로 놀란 주윤캉은 자신의 인맥을 이용해 그녀가 자살한 배경을 조사하기 시작했다.

그러던 중 자신이 다니고 있는 회사 오너의 아들인 왕푸첸이 친구들과 함께 마음에 드는 여자를 발견하면 약으로 정신을 잃게 만들거나 납치해 성폭행하곤 했는데 그 만행에 자신의 여자 친구가 휘말렸다는 사실을 알게 됐다.

사장인 왕하오의 지시로 왕푸첸이 사고를 칠 때마다 뒤처리를 하던 자신이었는데, 설마 그런 일을 자신이 당할 줄은 상상도 못했다.

그때부터였다. 그 빌어먹을 놈들에게 복수를 계획한 것이.

그 전까진 더러운 뒤처리를 하는 입장에서 피해자들이 겪을 고통은 애써 무시했다.

하지만 자신이 피해자가 되고 보니 왕하오나 왕푸첸 같은 재벌들의 행태를 두고 볼 수 없다고 생각하게 됐다.

그래서 수십, 수만 번 복수를 다짐했다.

하지만 단기간에 복수를 실행할 수는 없었다.

그건 모두 돈 때문이었다.

왕푸첸이 그런 짓을 하고도 벌을 받지 않을 수 있던 배경에 왕하오와 그 집안이 재력 때문이라는 것을 깨달은 주윤캉은 기회를 기다릴 수밖에 없었다.

그런데 왕푸첸은 제 분수도 모르고 엄청난 상대를 건드리는 바람에 자신이 복수를 하기도 전에 죽어버렸다.

왕푸첸이 주석의 총애를 받는 텐진 시장의 딸을 납치하려다 미수에 그치는 바람에 사건을 무마하려고 왕하오는 권력자들에게 많은 뇌물을 가져다 바쳤다

그런데 거기서 끝나지 않고 이번에는 흑사회 조직을 동원해 납치는 물론이고, 살인까지 하려다 붙잡혔다.

당시 왕푸첸은 어디서 구했는지 몰라도 권총까지 가지고 있었으며, 이를 막는 정수현에게 중상을 입혔다.

이전에 저지른 죄도 돈으로 겨우 막았는데, 이번에는 납치뿐만 아니라 죽이려고까지 했다는 것이 발각되면서 더 이상 용납할 수 있는 수준을 훌쩍 넘어버리고 말았다.

그렇게 왕푸첸은 자신이 저지른 죄의 값을 받았다.

물론 그것이 안타깝거나 하지는 않았다.

죽을 짓을 했기에 죽은 것이고, 자신에게는 왕푸첸 말고도 복수의 대상이 아직 남아 있었기 때문이다.

더욱이 왕푸첸이 개지랄을 하는 바람에 감히 복수를 할수 있을까 장담하지 못하고 있는 자신에게 기회를 만들어주기까지 했다.

왕푸첸 덕분에 왕하오의 인맥은 거의 다 사라지고 기업도 본보기로 공중분해 됐다.

그뿐만 아니라 왕하오의 집안은 물론이고, 진시아의 집안 까지 당국의 감시를 받게 됐다.

그러자 비밀리에 형성해 둔 비자금을 제외하고 왕하오나 진시아의 자금줄이 막혀 버렸다.

주윤캉은 드디어 자신이 복수할 시간이 찾아왔다고 생각 하며 움직이기 시작했다.

왕하오는 자신이 숨겨둔 비자금을 국외로 빼돌리기 위해 서 비서인 주윤캉을 시켜 정리를 시작했다.

설마 자신의 비서인 주윤캉이 이때를 기다리고 있었을 것 이라고는 생각지도 못했을 것이다.

왕하오는 그를 믿고 비자금으로 숨겨둔 재산들을 하나둘 끄집어냈다.

주윤캉은 국외로 빼돌린 왕하오의 비자금을 자신의 명의 로 돌려놓았다.

왕하오에게는 정부의 감시를 받고 있기 때문에 자신의 이 름을 사용할 수밖에 없다고 설득해 둔 상태였다.

왕하오는 아직도 주윤캉이 자신을 대신해 자금을 안전하 게 옮기기 위해 최선을 다하고 있는 줄로만 알고 있었다.

대부분의 비자금을 자신의 관리 하에 둔 주윤캉은 이제 마무리를 어떻게 지어야 하나 고민하기 시작했다.

왕하오 같은 인간을 살려 뒀다간 두고두고 후환이 될 가능성이 높았다.

그런데 때마침 왕하오를 확실하게 죽일 수 있는 기회가 찾아왔다.

자신은 복수의 대상을 찾아 헤매는 정수현에게 정보를 제공하기만 하면 손대지 않고도 코를 풀 수 있는 상황이었다.

그런데 하필 이렇게 재수 없게 왕하오에게 복수하러 온 수현과 마주칠 줄은 꿈에도 생각지 못한 일이었다.

"잠깐만, 잠깐만요! 제 말을 먼저 들어 주십시오."

주윤캉은 필사적으로 수현을 불렀다.

그런 주윤캉의 목소리에 수현은 차가운 눈으로 그를 돌아보았다.

"장례식 날 저녁에 받은 문자를 기억하십니까?"

주윤캉은 어떻게 해서든 수현에게 자신이 원수와 한통속이 아니라 원수를 알려 준 같은 편임을 알리려고 노력했다.

'응? 그걸 어떻게 알고 있지?'

수현은 순간 의아한 생각이 들었다.

셀레나의 장례식이 있던 날 저녁, 그러니까 셀레나의 고문 변호사가 그녀의 유산상속 절차를 이야기하고 돌아간 날 밤에 누군가로부터 의문의 문자를 받았다.

그 문자 덕분에 셀레나를 죽게 만든 원수의 정체를 알게 되었다.

그런 사실을 어떻게 주윤캉이 알고 있는지 의문이 들었다.

왕하오의 수하인 주윤캉이 의문의 조력자라니… 상식적으로 말이 되지 않는다.

"그걸 어떻게 알았지?"

수현은 혹시나 싶은 생각에 주윤캉을 보며 물었다.

"당신의 원수를, 그러니까 당신의 부인을 죽인 원수가 누군지 알려 준 사람이 바로 접니다."

주윤캉은 자신이 무엇 때문에 수현에게 문자를 보냈는지, 자신과 왕하오와의 관계에 대해 장황하게 설명했다.

그런 주윤캉의 이야기가 길어질수록 옆에서 이야기를 듣고 있던 왕하오나 진시아의 얼굴은 놀라움으로 물들어갔다.

"너, 너!"

"주윤캉, 네가 어떻게 이럴 수 있어!"

덜컹덜컹!

진시아는 이런 상황을 받아들일 수 없는지 입만 열었다 닫았고, 왕하오는 자신이 믿고 있던 비서가 사실은 자신에게 비수를 꽂으려고 했다는 사실에 주윤캉을 보며 고함을 질렀다.

그런 두 사람의 태도를 본 주윤캉은 마치 도깨비와 같이 붉어진 얼굴로 왕하오 부부를 마주 노려보았다.

주윤캉은 미안하다는 편지 한 장을 남기고 떠나간 애인 리빙빙을 떠올렸다.

'조금만 기다려… 곧 남은 원수들을 보내줄게.'

이미 수현이 자신의 얼굴을 들어낸 이상 왕하오 부부는 살아남지 못할 것이다.

어쩌면 자신도 함께 죽을 수도 있었다.

하지만 그건 아쉽기는 해도 억울하진 않았다.

어찌 됐든 왕하오의 지시를 받아 테러 집단에 청부를 한 것은 자신이기에, 어느 정도는 셀레나의 죽음에 관여했다고 봐도 무방하다.

다만, 아쉬운 것은 빼돌린 왕하오의 비자금을 써 보지도 못하고 죽는 것이다.

주윤캉과 왕하오 부부가 서로를 죽일 듯 노려보고 있을 때, 수현은 잠시 고민했다.

자신이 정보 상인에게 의뢰해 받은 자료에 의하면, 주윤캉도 썩 좋은 사람은 아니었다.

그런데 조금 전 그의 이야기를 들어보니 그가 무엇 때문에 그런 일들을 해온 것인지 조금은 이해가 가기도 했다.

그 때문에 즉단을 내리기가 망설여졌다.

자신이 쓰고 있던 가면을 벗은 이유는 이들에게 자신의 정체를 알리고 어째서 죽는지는 알려주고 싶었기 때문이다.

그런데 이런 변수가 나올 줄이라곤 수현도 예상하지 못했다.

설마 자신에게 원수에 대해 알린 사람이 주운캉일 줄은 몰랐기 때문이다.

Chapter 8

난민촌

주윤캉은 자신을 잠시 쳐다보다 밖으로 나가버리는 수현의 뒷모습을 보고, 한동안 아무런 말도 하지 않았다.

하지만 그것도 잠시 수현의 뒷모습이 어둠 속으로 사라지자 두 눈이 차갑게 반짝이기 시작했다.

처음 방문이 열리고 기습을 당해 의자에 묶였을 때, 정신을 차리자 자신의 정체를 드러낸 수현의 차가운 태도를 봤을 때 자신의 죽음을 떠올렸다.

아무런 감정도 섞이지 않은 사람의 목소리가 그렇게 무섭게 느껴지리라고는 지금까지 한 번도 상상해 보지 못했기에 실금까지 하고 말았다.

그런데 어떻게 된 일인지 정수현은 아내의 복수를 하러 왔으면서 아무런 응징도 하지 않았다.

그저 자신의 이야기를 듣고는 잠시 자신의 얼굴을 쳐다보다 떠났다.

아마 왕하오 부부에게 자신 또한 원한이 있다는 이야기를 듣고 자신에게 복수할 기회를 넘기고 간 것 같았다.

물론, 그것은 자신의 지레짐작일 뿐이다.

무슨 이유로 더 이상 복수를 진행을 하지 않고 떠난 것인지는 알 수는 없지만 어찌 되었든 자신은 살았다.

하지만 고민해도 알 수 없는 일을 생각할 여유는 없었다.

아직 남겨진 일이 있기 때문이다.

이미 자신이 복수를 하기 위해 준비하고 있었다는 이야기를 모두 들은 왕하오 부부를 그냥 놓아줄 수는 없었다.

지금까지 왕하오의 밑에서 일을 하면서 봐 온 그라면 지금 자신이 풀어 준다고 해서 고마워 할 인간이 아니었다. 그건 그의 부인인 진시아 또한 마찬가지다.

아니, 아마 이번 일을 계기로 수현에게 한 것처럼, 이전에 대립하던 사람들을 처리하던 것처럼 자신 또한 아무도 모르게 제거하려 할 것이 분명했다.

그렇다면 설사 수현이 왕하오 부부를 용서하고 자리를 떠났다고 해서 자신 또한 이들을 살려 줘야 할 이유는 없었다.

스타일이트

더욱이 왕하오가 베트남에서 재기하기 위해 빼돌리던 비자금은 자신의 명의로 챙겨 둔 상태다.

왕하오 아래서 배운 것 중 하나가 뒤끝이 찝찝한 상태로 두지 말라는 것이었다.

그래서 주윤캉은 조금 이르지만 자신의 오래된 복수를 완성하기로 결정했다.

아직 남아 있는 왕하오와 진시아의 비자금이 아깝기는 하지만 포기할 수밖에 없다.

괜히 그것까지 욕심을 냈다가는 왕하오와 진시아의 집안에 들킬 위험이 있었다.

한 집안, 한 핏줄이니 굳이 말하지 않아도 집안사람들이 하나같이 왕하오 부부 못지않은 욕심을 가지고 있었다.

그들이 사라진 비자금의 행방을 찾지 않을 리가 없었다.

그렇기에 주윤캉은 왕하오 부부를 깔끔하게 마무리하고 캐나다로 이민 가기로 마음먹었다.

이민에 대한 생각은 복수를 계획할 때부터 준비했기에 여기서 살아남기만 한다면 더 이상 이 세상에 주윤캉이란 사람은 존재하지 않을 것이다.

그렇게 수현이 떠난 왕하오의 장원은 잠시 귀에 거슬리는 두 번의 소음이 들렸지만, 이내 어둠 속에 조용히 잠들었다.

*　　　*　　　*

한편, 죽은 아내의 복수를 하기 위해 모든 것을 포기하고 중국까지 날아 온 수현은 왕하오 부부에게 복수를 하기 직전, 계획을 중단하고 장원을 빠져나왔다.

원래는 왕하오 부부에 복수를 하고 다시 조용히 빠져나오는 것이었지만, 생각지도 못한 주윤캉이 함께 있었으며, 그 또한 자신처럼 왕하오, 아니, 정확하게는 왕하오의 아들인 왕푸첸으로 인한 원한을 품고 있었다.

왕하오 밑에서 왕푸첸이 벌이던 범죄들을 무마하던 일을 하던 주윤캉도 사실 그리 좋은 사람은 아니었지만, 그래도 그는 자신이 벌인 범죄를 은닉하려던 것이 아니었다.

그저 권력자인 왕하오 밑에서 지시를 받고 일했을 뿐인데, 정작 자신이 피해자가 되면서 복수를 꿈꾸고 있었다.

그래서 마지막 기회를 준 것이다.

만약 주윤캉이 그의 말대로 복수를 한다면 더 이상 이곳에 있을 필요가 없을 것이다.

혹시라도 그가 이야기를 꾸며낸 것이고 왕하오 부부가 살아남는다면 자신이 직접 손을 쓰면 그만이다.

그래서 수현은 왕하오의 장원을 빠져나오긴 했지만 바로 그곳을 떠난 것은 아니다.

주윤캉이 장원을 나오면 다시 들어가 그가 제대로 일을

처리한 것인지 확인할 생각이었다.

그렇게 주윈캉이 일을 마무리하고 나오길 기다리는데 수현은 이상한 생각이 들었다.

'하! 영화나 드라마도 아닌데, 난… 왜 이렇게 담담한 것이지?'

보통, 사람이 화가 나서 살인을 하겠다고 마음을 먹어도 현장에서 우발적으로 행동하지 않는 이상 정작 실행에 옮기는 이들은 그리 많지 않다.

그리고 실행을 하려고 준비하던 사람도 막상 그 상황에 놓이면 겁이나 중단하는 비율도 높다.

그런데 수현은 어떻게 된 일인지 오늘 왕하오의 장원에 침입해 그들 부부와 함께 있던 주윈캉까지 제압하고도 죽이지 않았다.

응징하려는 생각도 있었고, 충분히 실행에 옮길 수도 있었다.

특히, 일련의 과정 동안 수현은 아무런 심적 부담을 느끼지 않았다.

아니, 부담은커녕 이들을 죽이는 것이 주어진 배역을 소화하는 것처럼 아무런 느낌도 없었다.

심지어 드디어 복수를 하게 되어 후련하다거나, 원수에 대한 분노로 찾아왔지만 그래도 사람을 죽이는 일이라 꺼려진다거나 하지 않았다.

분명 살인이란 행위가 잘못된 것임을 알고 있지만 너무도 무감각했다.

그렇다고 자신이 반사회성 인격 장애인 사이코패스나 소시오패스라고 생각하기엔 비슷하면서도 맞지 않는 부분이 있었다.

자신은 사이코패스처럼 다른 사람의 고통을 느끼지 못하는 것도 아니고, 소시오패스처럼 도덕적, 양심적 판단이 모호하지도 않다.

그리고 절망에 이르는 강한 충격에도 금방 평정심을 찾기는 하지만, 분명 희로애락의 감정을 느낄 수 있었다.

그래서 한때는 자신이 정신병에 걸린 것은 아닌지 의심도 해보았지만, 그것보다는 군대에 있을 때, 낙뢰 사고 후 게임과 연동돼 인생 게임, 스타 라이프의 플레이어가 되면서 정신력이 일반인보다 강해졌기 때문이라는 것을 깨달았다.

하지만 그런 생각도 잠시, 수현은 자신에게 또 다른 물음을 던졌다.

'그래서 불편해?'

'아니⋯⋯.'

'그럼 이제는 이런 것이 없었으면 해?'

'아니.'

'인생 게임, 스타 라이프가 내게 도움이 된다고 생각해?'

'물론, 도움이 돼!'

수현은 스스로 무수히 많이 질문을 하고, 그 질문에 답했다.

그리고 내린 결론은 비록 보통 사람과는 다른 사고를 하고 있지만, 굳이 이런 것을 부정하고 없었으면 한다는 생각을 하지 않았다.

그리고 나서 인생 게임, 스타 라이프가 자신에게 도움이 되고 있다고 결론을 내렸다.

남들에게 밝히지는 않겠지만, 타인과 다르다는 것이 자신은 불편하지 않았다.

그리고 지금까지 자신이 이룩한 것들이 사실은 우연히 얻게 된 이 시스템으로 인해 이루어진 것임을 너무도 잘 알기에 부정할 수 없었다.

이렇게 수현이 자문자답에 빠져 더욱 깊게 자신을 알아가고 있을 때, 왕하오의 장원에서 차량 한 대가 빠져나가는 모습이 보였다.

부웅.

'가는군…….'

차 안이 보이는 것은 아니지만, 몇 시간 전 주윤캉이 타고 왔던 차가 틀림없었다.

그러니 분명 그 안에는 주윤캉이 타고 있을 것이다.

멀어지는 주윤캉의 차를 잠시 바라보던 수현은 조심스럽

게 왕하오의 장원으로 또다시 침투했다.

잠시 후, 수현은 아주 잔인하게 난도질당해 싸늘하게 식어 있는 두 구의 사체를 발견할 수 있었다.

$$* \qquad * \qquad *$$

왕하오 부부를 응징한 뒤, 수현은 처음 계획과는 다르게 프랑스에서 이집트로, 이집트에서 수단으로 향했다.

수현이 계획을 바꾼 이유는 바로 프랑스에 머무르던 테러범들이 왕하오 부부에게 복수하기 위해 중국에 체류한 기간 동안 무엇 때문인지 프랑스를 떠나 수단으로 움직였기 때문이다.

자세한 정보를 알아내기에는 시간이 촉박하기에 상황을 파악할 순 없지만, 어찌 되었든 남은 원수들이 모두 수단에 있다고 하니 수현은 프랑스에 도착하자마자 가장 빠른 시간 안에 수단으로 갈 계획을 잡았다.

무조건 수단에 빠르게 도착할 수 있는 노선을 알아보다 기존에 계획한 루트보다 이집트를 통해 들어가는 쪽이 더 빠르다는 것을 알게 됐고, 침투 경로를 변경한 것이다.

그런데 수현은 수단을 목적지로 잡고 정보를 수집하던 도중 원수인 수단 인민 해방 전선이 특이하다는 것을 발견했다.

그것은 바로 수단에서 다수가 지지하는 파벌인 수니파가 수단 인민 해방 전선을 조직했다는 점이다.

수니파가 대다수인 수단에서 같은 종파의 조직인 그들이 무엇 때문에 인민을 해방하겠다며 반군을 결성하고, 테러를 장행하는 것인지 이해할 수가 없었다.

분명 IS가 주장하는 것은 자신들의 종교국가의 건설이었다.

급진 수니파의 무장 조직인 IS는 같은 이슬람 종파인 시아파와 전쟁을 하면서도 한편으로는 다른 서방세계 국가들과도 대립하며 테러를 자행하고 있다.

그런데 같은 수니파인 수단에서 IS의 하부 세력이 수니파 정부를 전복시키기 위해 무장 테러 활동을 한다는 것은 그들의 주장과 맞지 않았다.

정말이지 아무리 봐도 IS와 그 하부 조직들이 떠드는 구호가 얼마나 허무맹랑한 것인지 알 수 있었다.

입으로는 자신들이 믿는 종교국가의 건설을 역설하지만, 정작 원하는 바는 권력이라는 것을 부정할 수 없을 것이다.

그런 단체에 자금을 지원하고, 테러와 살인을 교사한 왕하오 부부를 생각하면 그들이 잘 죽었다는 생각이 들었다.

비록 자신의 손으로 직접 실행한 것은 아니지만, 후회하진 않는다.

"미스터 블랙! 다 왔습니다."

안내인이 차를 정차시키며 수현에게 말했다.

하지만 수현이 보기에는 아무리 둘러봐도 보이는 풍경이 비슷했기에 거기가 거기 같았다.

"이곳에서 우측으로 가면 리비아고, 남쪽으로 내려가면 수단입니다."

수현은 안내인의 설명에 손목에 찬 GPS를 확인해 보았다.

GPS에 자신이 있는 좌표가 떠오르면서 사전에 알아 둔 이집트와 수단의 국경 인근 좌표라는 것을 알게 됐다.

"수고하셨습니다."

수현은 안내인이 자신을 속이지 않고 제대로 목표 지점까지 안내했다는 것을 확인했기에 주머니에서 봉투 하나를 꺼내 건네주었다.

그 안에는 자신을 이곳까지 안내하면 주겠다고 한 의뢰비에서 선금을 제외한 잔금이 들어 있었다.

안내인인 칼리파는 얼른 수현이 준 봉투를 열어보며 안에 든 내용물을 살폈다.

'후후, 무엇 때문에 이런 황량한 사막까지 안내해 달라고 했는지는 모르겠지만, 나야 돈만 챙기면 그만이지……'

칼리파는 사실 수현이 약간 의심스러웠다.

처음 만났을 때는 관광객 같은 모습이었지만, 간간이 보이는 날카로운 눈빛은 그가 평범한 사람이 아니란 것을 느낄 수 있게 해주었다.

그리고 알 와디 알 자디드 지역의 사막은 볼 것도 없는, 눈에 보이는 것이라고는 모래뿐인 사막이다.

막말로 풀 한 포기 보기 힘든 메마른 사막을 구경하겠다면서 가자고 했을 때부터 자신의 예상이 맞았다고 생각했다.

특히나 리비아와 수단이 국경을 맞대고 있는 이곳까지 안내를 부탁했을 때, 혹시 어떤 음모에 끼어든 것은 아닌가 하고 두렵기까지 했다.

하지만 그놈의 돈 때문에 어쩔 수 없이 이곳까지 오게 되었다.

그런데 생각지도 않게 의뢰인은 돈 계산이 깨끗했다.

어떤 협상도 없이 약속한 돈을 지불한 것이다.

"감사합니다."

"아닙니다. 전 이대로 따로 이동할 것이니, 당신은 그만 돌아가도 좋습니다."

칼리파는 수현과 헤어진다는 것에 안심하면서도 약간 걱정되기도 했다.

자신의 예상과 다르게 수현이 너무도 깨끗하게 거래를 끝냈기에 자신이 오해를 한 것이 미안할 지경이었다.

이 주변은 정말로 아주 건조하고 생명이 살기 힘든 사막 지형인데다 인가를 찾으려면 차로 몇 시간을 이동해야 겨우 볼 정도다.

그런데 의뢰인의 행색을 보니 그냥 도보로 이동하려는 것이 꼭 자살을 하려는 것 같아 사지 멀쩡한 사람을 그냥 사막에 버려두는 것 같아 양심에 걸렸다.

"이곳에선 인가를 찾기 힘들 텐데 말입니다."

칼리파는 문든 코란의 경구가 생각났다.

사막에서 고난을 겪는 사람을 보게 되면 도우라는 알라의 말씀이었다.

그러다 보니 수현을 두고 그냥 떠나기가 저어됐다.

하지만 수현은 그런 칼리파의 이야기에 살짝 미소를 지어 주며 가 보라는 손짓을 했다.

그런 수현의 모습에 작게 한숨을 내쉰 칼리파는 어쩔 수 없이 돌아섰다.

하지만 끝내 미련을 버리지 못하고 수현을 한 번 더 쳐다보았다.

그렇지만 수현은 이미 생각해 둔 바가 있기에 안내인을 돌려보내는 것에 주저함이 없었고, 홀로 걸음을 옮겼다.

혼자 메마른 사막을 걸어 수단의 국경으로 향하는 수현의 모습에 칼리파는 잠시 그 모습을 바라보다 자리를 떠났다.

자신은 의뢰인을 걱정해 충고도 했고, 물어도 봤다.

하지만 그는 자신의 제안을 거절하고 길을 떠났다.

칼리파는 싫다는 수현을 납치하듯 데려갈 정도로 그와 관계를 맺어오던 사이가 아니었기 때문에 그에 대한 걱정을 접고 차에 시동을 걸어 자신이 살던 마을로 향했다.

그런데 어쩐지 돌아가는 그의 차량은 올 때보다 더 빠르게 수현의 시야에서 사라졌다.

걷던 중 차가 떠나는 소리가 들려 잠시 뒤를 돌아본 수현은 자신이 타고 온 차량이 시야에 보이지 않을 정도로 멀어지자 등에 메고 있는 가방을 땅에 내려 그 안에서 무언가를 꺼내기 시작했다.

그러더니 꺼낸 것들을 하나로 조립하기 시작했다.

한참을 사막의 땡볕을 맞으며 분주히 손을 움직이던 수현은 조립을 마치고 잠시 그것을 점검하듯 돌아보았다.

수현이 방금 뚝딱 만들어 낸 것은 동력 패러글라이더였다.

수현은 비행을 하기 전 장기간 비행을 해야 하기에 일단 먼저 목을 축이기로 했다.

꿀꺽꿀꺽.

1L짜리 생수 한 병을 다 마신 수현은 다시 작업을 시작했다.

챙겨온 가솔린을 연료통에 채우고, 패러글라이더를 비행 전 다시 한 번 이상이 없는지 꼼꼼히 살폈다.

비행 도중 이상이 생기면 자칫 위험해질 수도 있기에 점검은 빼놓을 수 없었다.

*　　　*　　　*

　삼 일을 꼬박 비행해 수현은 수단 인민 해방 전선의 본거지인 알주나이나에 도착을 하였다.

　알주나이나는 수단의 도시로 서다르푸르 주의 주도이며, 인구는 17만 명에 이르는 아주 큰 도시다.

　하지만 다르푸르 분쟁 이후 피난민들이 많이 몰리고 있는 지역이기도 했다.

　난민이 몰리다 보니 수단은 치안도 그리 좋지 못하고, 특히나 의약품과 식량이 상당히 부족한 상황이었다.

　이는 IS의 분파인 수단 인민 해방 전선이 숨어들기에 아주 적합한 지역이기도 하면서 세력을 키우기 좋은 지역이기도 했다.

　그곳에서 수현은 할리우드에서 배운 분장을 이용해 아프리카에서 보기 힘든 아시아인이 아닌 백인의 모습으로 변장하고서 돌아다녔다.

　거리에는 관광객에게 구걸을 하는 아이들로 붐볐다.

　관광객이 보이면 아이들은 마치 어미 오리를 따르는 새끼들 마냥 관광객의 뒤를 쫓았다.

　하지만 너무도 많은 난민들 때문인지, 치안의 부재로 인한 두려움 때문인지 모르겠지만, 관광객들은 대체로 그런 아이들에게 뭔가를 나눠 주지 않았다.

그럼에도 아이들은 어떻게 해서든 먹을 것을 구하기 위해 마음씨 좋은 관광객을 찾아 이리저리 몰려다녔다.

수현은 그런 무리들에 휩쓸리지 못하고 한쪽에 쪼그려 앉아 있는 아이를 유심히 지켜보았다.

언뜻 보이게 대여섯 살 정도 되어 보이는 사내아이였다.

하지만 얼마나 먹지 못했는지 낡고 찢어진 옷 사이로 보이는 몸은 너무도 말랐으며, 갈비뼈의 모습이 그대로 드러나 보였다.

뿐만 아니라 배에는 복수가 찼는지 임산부마냥 배가 볼록하게 튀어 나와 있었다.

수현은 너무도 안돼 보이는 소년의 모습에 가던 길을 멈추고 그 소년에게 다가갔다.

그리고 등에 메고 있는 가방에서 컵과 봉지 하나, 생수 한 병을 꺼냈다.

그리고 나서 컵에 물을 붓고 봉지에 들어 있는 것을 타기 시작했다.

적당히 섞인 그것을 소년에게 내밀었다.

"먹어."

수현은 수단의 언어인 아랍어로 이야기를 했다.

소년은 수현을 올려다봤지만 멍한 눈동자는 초점을 잡지 못하고 있었다.

그런 소년의 모습에 수현은 더는 말하지 않고 컵을 소년의 앞으로 밀어 두고 한 걸음 물러서서 가만히 지켜보았다.

한편, 관광객을 쫓아다니며 구걸하던 하시미야는 아픈 동생과 너무 멀리 떨어진 것 같아 얼른 동생이 있는 곳까지 달려서 돌아왔다.

그런데 커다란 백인 남성이 자신의 동생 앞에 있는 것을 보고 깜짝 놀랐다.

"누구세요?"

하시미야는 급하게 뛰어와 동생의 앞을 막아서며 소리쳤다.

"네가 이 아이의 누나니?"

수현은 하시미야가 달려오는 것을 이미 알고 있었다.

다만 자신에게 위협이 되지 않는다는 것을 알기에 모르는 척하고 있었을 뿐이다.

"맞아요. 그런데 누구세요?"

하시미야는 수현의 아랍어에 살짝 놀랐지만 얼른 놀란 표정을 감추며 물었다.

"난 미국에서 온 관광객이야."

수현은 자신을 관광객이라 말하며 하시미야를 잠시 살피다 속으로 깜짝 놀랐다.

여느 난민 아이들처럼 지저분한 것은 마찬가지였지만, 자신을 바라보는 두 눈은 무척이나 맑고 깨끗했기 때문이다.

수현은 순간 아이의 눈에서 셀라나의 환영을 봤다.

'아!'

눌어붙은 때로 인해 몰랐는데, 눈앞에 있는 여자아이는 죽은 아내와 너무도 닮았다.

물론, 외모가 닮았다는 것이 아니라 풍기는 느낌이 닮았다는 것이다.

겉으로 보기에 유약해 보이지만, 내면은 한없이 강인하고 자신이 원하는 것을 이루고야 말겠다는 고집 또한 엿볼 수 있었다.

그런 모습이 수현에게는 몇 달 전 죽은 아내 셀레나를 떠올리게 만들었다.

'음······.'

잠시 아내의 얼굴을 떠올린 수현은 얼른 정신을 차리고 물었다.

"이거 한 번 먹어 볼래?"

수현은 자신의 주머니에서 곡물을 뭉친 에너지바 하나를 꺼내 주었다.

하시미야는 잠시 수현의 얼굴과 그의 손에 들린 에너지바를 잠시 쳐다보다 얼른 수현의 손에 들린 에너지바를 마치, 독수리가 먹이를 채가듯 잽싸게 낚아 챘다.

'허?'

그 날렵한 모습에 수현은 속으로 적잖이 놀랐다.

하지만 하시미야는 수현의 놀란 표정을 감상할 찰나의 시간도 아깝다는 듯 에너지바의 껍질을 까서 동생에게 내밀었다.

그러자 수현은 얼른 소녀의 행동을 제지했다.

"잠깐만! 그걸 지금 동생에게 먹이면 큰일 난다."

그러고는 조금 전 바닥에 내려놓은 선식이 담긴 컵을 내밀었다.

하시미야는 그런 수현을 다시 한 번 쳐다보더니 컵을 내려다보았다.

그런 후, 자신의 손에 들린 에너지바와 컵에 든 선식을 번갈아 보다 컵을 조심스럽게 들어 동생에게 주었다.

하사이는 누나가 내민 컵을 얼른 받아 입으로 가져갔다.

"천천히 먹어라. 그러다 탈이라도 나면 어쩌려고?"

수현은 꼬마가 너무도 허겁지겁 선식을 마셔 대는 모습에 혹시나 자신이 준 음식 때문에 탈이라도 날까 봐 걱정이 되었다.

소년이 먹는 것을 지켜보던 수현은 그냥 땅바닥에 털썩 주저앉아 그 모습을 지켜보기 시작했다.

그런 수현의 모습에 하시미야는 수현에게서 눈을 떼지 않으면서 조금 전 껍질을 깐 에너지바를 조심스럽게 한 입 베어 물었다.

'아… 달다…….'

하시미야는 지금까지 한 번도 먹어보지 못한 달달한 에너지바의 맛에 흠뻑 빠져버렸다.

그러고는 먹던 에너지바를 반으로 잘라 크게 남은 부분을 포장지로 둘둘 싸맸다.

그 모습을 본 수현은 고개를 갸웃거리며 물었다.

"왜? 맛이 없니?"

그런 수현의 물음에 하시미야는 얼른 에너지바를 뒤로 숨기며 대답했다.

"아니요. 맛있어요."

"그럼 왜… 다 먹지 않고?"

"나머지는 집에 있는 엄마 가져다주려고요."

하시미야는 혼자 집에 누워 있을 엄마를 생각하며 이렇게 맛있는 것을 엄마에게도 맛보여 주고 싶어 먹고 싶은 것을 참고 반을 남긴 것이다.

그런 어린아이의 행동을 보며 수현은 문득 오래전 어머니가 자신을 위해 싸 오신 피자가 생각이 났다.

수현의 어린 시절 피자는 지금처럼 흔한 음식이 아니었다.

더욱이 수현의 집은 가난해 한 달에 한 번 외식을 하기도 힘든 가정이었다.

그런데 아시는 분이 먹어보라며 피자를 사 주신 것이다.

그때, 어머니는 그 피자를 드시지 않고 자식인 자신을 주기 위해 집으로 가져오셨다.

지금이야 돈도 많이 벌고, 시대가 바뀌면서 피자집도 많이 생겨 아무 때나 사먹을 수 있었지만, 그 당시에는 감히 비싸서 사먹을 엄두도 내지 못하던 음식이었다.

그러던 기억이 문득 떠오르자 수현은 자신도 모르게 가슴 깊은 곳에서 뭔가 뜨거운 것이 끓어올랐다.

"더 줄 테니 그건 너 먹으렴."

수현은 옛 생각이 떠오르자 하시미야에게 웃어 주며 주머니에서 에너지바를 더 꺼내 소녀에게 건네주었다.

그런 수현의 행동에 하시미야는 눈이 커졌다.

오늘은 하루 종일 구걸했지만 아무런 소득이 없어 내심 걱정이 많았다.

엄마가 아파서 일을 나가지 못해 집에 먹을 것이 없는 상황에서 벌써 삼 일이나 굶고 있었기 때문이다.

그래서 다른 때는 생각지도 않던 구걸을 할 수밖에 없었다.

어제부터 관광객이 보이면 다른 아이들처럼 쫓아다녀 봤지만, 발이 빠르지 못해 가끔 관광객이 뿌리는 먹을거리를 제대로 챙기지 못했다.

아주 우연히 하나를 줍더라도 힘이 센 다른 아이에게 뺏기기 일쑤였다.

오늘도 운 좋게 과자를 한 봉지 주웠다가 다른 아이에게

빼앗기고 말았다.

그런데 마음씨 좋은 미국 아저씨를 만나 굶지 않게 되었다.

자신과 동생뿐만 아니라 집에 누워 있는 엄마도 이 맛있는 것을 먹을 수 있게 되었다는 것에 너무도 기쁜 하시미야는 자신도 모르게 두 눈에 눈물이 흘렀다.

"흑!"

무엇 때문인지 모르지만 하시미야는 그냥 슬펐다.

분명 오늘은 굶지 않아도 된다는 생각에 기뻤는데 눈물이 난 것이다.

*   *   *

"여기가 너희 집이니?"

수현은 나뭇가지 몇 개와 낡은 비닐 포대, 다 떨어진 거적때기 몇 개를 엉성하게 엮어 만든 움막을 가리켰다.

수현은 이런 움막집은 오래전 한반도에서 일어난 6.25 전쟁의 기록 영상에서 본 게 다였다.

난생처음 사람이 정말로 이런 환경에서 살 수 있을까 의심이 들 정도로 심각한 상황이었다.

'이런 환경이라니⋯ 하사이가 병에 걸린 것도 이해가 가네⋯⋯.'

하시미야와 동생 하사이가 무엇 때문에 그렇게 아파 보였는지 아이들의 집을 보면서 알 수 있었다.

아이들이 사는 집은 전형적인 난민촌의 모습 그대로였다.

한쪽으로는 정상적인 건물의 모습이 보이지만, 그곳에서 몇 십m 떨어진 곳은 지금 보는 것과 같이 녹이 슨 양철이나 아이들의 집처럼 거적으로 두른 집인지 헛간인지 구분이 가지 않을 움막이 널려 있었다.

더욱이 지금 수현이 보고 있는 아이들의 집은 다른 난민들의 집보다 더 낡아 보였다.

하지만 수현은 이런 집이라도 가지고 있는 것은 어느 정도 형편이 나은 난민들이란 것을 알지 못했다.

진짜 가난한 난민은 이런 움집도 가지지 못해 비바람을 그냥 맞아야 한다는 사실을 말이다.

그 때문에 아침이면 밤새 추위로 얼어 죽는 사람도 더러 나오기도 하는 곳이 바로 이곳 난민촌이었다.

"실례합니다."

수현은 하시미야의 안내를 받아 집으로 들어가면서 타인이 찾아왔다는 것을 알렸다.

이는 한국인인 수현이기에 습관처럼 하는 인사였다.

"어? 누, 누구세요?"

몸이 아파 어린 아들과 딸이 들어오는 것을 누워서 지켜보던 카림바는 커다란 덩치의 낯선 외국인이 들어오자 깜짝 놀라며 소리쳤다.

"아, 예, 지나가던 관광객입니다. 잠시 실례 좀 하겠습니다."

수현은 조금 뻔뻔한 모습으로 대답을 하고 움집 안으로 들어와 내부를 살펴보았다.

"엄마, 여기 아저씨가 이것을 줬어! 엄마도 먹어 봐!"

하시미야는 조금 전 수현이 준 에너지바를 꺼내 엄마에게 내밀었다.

"이게 뭐니?"

수현이 주었다는 소리에 그와 딸이 내민 손에 들린 것을 번갈아 쳐다보던 카림바는 고개를 갸웃거리며 물었다.

지금까지 그녀는 한 번도 딸의 손에 무언가 들린 것을 본 적이 없었기 때문이다.

"조금 전에 나도 하나 먹어 봤는데, 무척이나 맛있어!"

하시미야는 조금 전에 먹은 에너지바의 맛이 생각났는지 자신도 모르게 입맛을 다셨다.

그런 딸의 모습에 카림바는 가슴이 메어 왔다.

혼자 이곳 난민촌에서 아이 둘을 키우려니 너무나 힘들었다.

몸이 아프지 않을 때는 도시로 나가 허드렛일을 하며 적으나마 양식을 구할 수 있었는데, 몸이 아파 일을 하지 못하자 아이들을 먹이지 못했다.

그러자 아들 하사이는 비쩍 마르고 배만 올챙이마냥 볼록 튀어나왔다.

그리고 열세 살인 하시미야는 너무 못 먹어 키가 제대로 자라지 못하고 이제 겨우 아홉 살 정도로 보였다.

자식들의 모습을 보면서 어떻게 해 줄 수 없어 너무도 마음이 아팠다.

더욱이 엄마가 아파서 일을 하지 못하자 어떻게든 식구를 책임지기 위해 구걸하러 나가는 딸이 너무도 안타까웠다.

오늘은 다행히 알라의 자비심으로 인심 좋은 관광객에게서 먹을 것을 구할 수 있었지만, 생각하면 할수록 너무도 슬펐다.

"잠시 제가 살펴봐도 되겠습니까?"

수현은 이곳에 오기 전 하시미야에게 들은 카림바가 아픈 곳을 살펴보기 위해 물었다.

하시미야가 엄마가 일을 하다 허리를 다쳤다고 해서 환부를 살펴보려는 것이다.

운동을 하면서 삐끗한 곳을 맞춰 보기도 했고, 지압과 스포츠 마사지를 익혔기에 도움이 될지도 모른다는 생각을 했다.

하지만 대상이 여성이다 보니 자칫 오해를 살 수도 있어 먼저 양해를 구하였다.

"네? 무엇을?"

카림바는 수현의 말을 잘 이해할 수가 없었다.

무엇을 살펴본다는 것인지 알 수 없었기 때문이다.

"네, 제가 운동을 좀 해서 삐긋한 것 정도는 치료할 수 있거든요."

수현은 혹시나 그녀가 오해할 수도 있어 말을 할 때 조심스러웠다.

특히나 이곳은 남녀가 평등한 사회가 아닌, 여성의 지위를 인정하지 않는 이슬람 국가였다.

수현이 이 집에 들어와 있는 것도 남들이 보기에 이상하게 볼 수 있는 일이었다.

하지만 아직 어린 하시미야나 하사이는 그런 것을 모르기에 자신에게 도움을 준 외국인에게 도움을 청한 것뿐이다.

한편 수현의 말을 들은 카림바는 잠시 수현의 얼굴을 보며 망설였다.

비록 남편이 죽었다고는 하지만 남편 외의 외간 남자에게 자신의 몸을 맡긴다는 것이 살짝 꺼려졌기 때문이다.

그렇지만 자신의 어린 두 아이의 얼굴을 본 그녀는 조용히 몸을 틀어 수현에게 뒷모습을 보여주었다.

그런 카림바의 모습에 수현은 다시 한 번 실례하겠다는 말을 하고는 그녀의 허리에 손을 가져다 대었다.

"여기가 아프십니까?"

카림바의 허리를 하나하나 눌러보며 물었다.

"윽! 네, 거기요."

카림바는 수현의 질문에 착실히 대답했다.

그렇게 한참을 살피던 수현은 그녀의 상태를 알 수 있었다.

잘 먹지 못한 상태에서 무리하게 일을 하다 보니 근육이 손상된 것이다.

잘 먹고 며칠 요양하면 나을 수 있는 경미한 부상이었다.

다만, 환경이 환경이다 보니 그게 쉽지만은 않을 것 같았다.

"그동안 무리를 하셔서 그런 것이지 큰 병은 아닙니다. 다만 잘 먹고 요양을 해야 하는데……."

"네……."

카림바도 수현이 하려는 말이 무엇인지 알 수 있었다.

그렇기에 대답을 하는 목소리가 너무도 작았다.

한쪽 구석에서 엄마가 수현에게 진단을 받는 동안 이를 지켜보던 하시미야는 엄마의 표정에서 뭔가 안 좋은 기운을 느낀 것인지 다시 눈가에 눈물이 그렁그렁 매달렸다.

뜻하지 않게 집 안에는 하시미야의 우는 소리가 울려 퍼졌고, 누나의 갑작스러운 울음소리에 옆에 있던 하사이는 영문도 모르고 누나를 따라 울기 시작했다.

"하아, 이것 참……."

수현은 자신도 모르게 한국말을 하였다.

하지만 그런 수현의 실수를 인지하는 사람은 방 안에 아무도 없었다.

Chapter 9

어처구니없는 결말

수현은 숙소에 돌아오자마자 얼른 짐을 챙겼다.

복수를 하기 위해 이곳까지 찾아왔는데, 정작 복수의 대상은 이곳에 남아 있지 않았기 때문이다.

중국을 돌아 프랑스에 도착해 정보 상인에게 수단 인민 해방 전선의 소제를 받았을 때만해도 그들은 이곳 알주나이 나에 있는 것으로 파악됐다.

하지만 무슨 일인지 1주 전, 그러니까 수현이 이곳에 도착하기 며칠 전에 이곳을 급하게 떠났다는 것이다.

참으로 어처구니없는 이야기였다.

기껏 고생해 그들의 근거지라고 알려진 곳까지 왔는데,

불과 며칠 차이로 엇갈린 것이다.

수현은 부랴부랴 짐을 챙겨 그들이 향한 남수단으로 가려
했다

덜컹.

수현이 막 짐을 챙기고 그것을 어깨에 둘러메려는 찰라
방문이 열렸다.

"어? 제이, 이제 가는 거예요?"

열린 문 앞에는 하시미야, 하사이 남매가 서 있었다.

"응, 이제 가야 해."

수현은 하시미야의 질문에 순간 가슴이 메어 오는 것을
느끼며 억지로 담담하게 대답을 했다.

"정말… 가는 거예요?"

수현의 대답에 하사이는 두 눈에 눈물이 그렁거리며 물었
다.

며칠 되지 않았지만 어느새 정이 들어버린 하사이는 훌쩍
이며 울기 시작했다.

그도 그럴 것이, 어린 나이에 아버지 없이 엄마랑 누나와
함께 고생을 하다 수현을 만났다.

별거 아닌 도움이었지만 하사이나 하시미야에게는 크나
큰 친절이었다.

같은 동포들은 난민인 그녀의 가족이나 마을 사람들을 별
로 달가워하지 않았다.

그리고 가끔 보이는 외국인들은 자신들의 구걸에 마지못해 동전이나 먹을거리를 던져줄 뿐이다.

하지만 수현은 외국인이면서도 다른 어떤 사람보다 두 남매에게 친절했고, 아픈 엄마를 낫게 해준 사람이었다.

자신들이 찾아와도 귀찮아하지 않고 부드러운 말투로 아침은 먹었는지, 아픈 곳은 없는지 물어보며 먹을 것을 챙겨주고, 위험으로부터 보호해 주었다.

그 때문인지 어느새 수현을 아버지처럼 의지를 하게 되었다.

그런데 지금 그런 수현이 떠나려고 하고 있었다.

수현도 그런 두 남매가 싫지 않았다.

죽은 아내를 생각나게 만드는 하시미야를 보면서 솔직히 이곳을 떠나고 싶지 않았다.

하지만 해야만 하는 일이 있었다. 현재 수현에게 죽은 아내의 복수는 그 어떤 것 보다 중요한 것이었다.

비록 하시미야가 셀레나와 비슷한 느낌을 주고 있지만, 하시미야는 하시미야지 셀레나의 대체품이 될 수는 없었다.

그리고 그렇게 생각해서도 안 되는 일이기도 했다.

수현이 떠나려는 이유들 중에는 사실 그런 마음도 있었다.

두 남매와 정이 들면서 수현의 마음 한편에 그런 마음이 비집고 들어왔고, 그런 감정을 알아챈 수현은 떠날 이유가 생기자 급하게 짐을 챙긴 것이다.

만약 자신을 이곳까지 오게 만든 원수들의 소식을 접할 수 없었다면 복수심이 무뎌지며 안주하려 했을 것이다.

그런데 참 우연히도 그런 핑계를 만들 소식을 접한 것이다.

수단 인민 해방 전선은 다르푸르 분쟁 당시 싸우던 평화 통일 연맹의 세력에 밀려 근거지를 이곳 알주나이나에서 그들이 올 수 없는 남수단으로 이주한 것이었다.

평화 통일 연맹은 현제 수단 정부의 정책을 지지하는 우익 단체였기에 적대적인 남수단으로 떠난 것이다.

물론 남수단 정부와 수단 인민 해방 전선이 우호적이란 뜻은 아니다.

어찌 되었든 수단 인민 해방 전선도 수단의 무장 단체이고, 수단과도 적대적인 남수단 정부 입장에서는 둘 다 적일 수밖에 없다.

그럼에도 수단 인민 해방 전선은 수단 내에 있는 것보단 남수단으로 파고드는 것이 줄어든 세력을 키우기 좋다 판단한 모양이었다.

"아저씨가 해야 할 일만 마치면 다시 보러 올게. 그러니 울지 말고……."

수현은 눈물을 흘리며 울고 있는 하사이를 달래며 눈물을 닦아 주었다.

"정말 다시 올 거죠?"

하사이는 수현의 말에 얼른 울음을 그치며 물었다.

"그래, 약속."

수현은 새끼손가락을 펴며 하사이의 앞에 내밀었다.

며칠 함께하면서 몇 가지 가르쳐 준 것이 있는데, 하사이는 수현이 지금 하는 행동이 약속을 의미한다는 것을 배웠기에 얼른 수현이 내민 손가락에 자신의 새끼손가락을 걸었다.

"약속 했어요? 꼭 다시 오시는 거예요."

"그래."

새끼손가락을 걸며 다시 오라는 하사이의 모습에 수현은 짧게 미소를 짓고는 하사이의 머리를 쓰다듬어 주었다.

"헤헤……."

그런 수현의 손길에 기분이 좋아진 것인지 조금 전 눈물을 흘리며 울던 하사이는 밝게 흰 이를 드러내 보이며 웃었다.

수현은 너무도 순박해 보이는 그 웃음에 다시 한 번 가슴이 아려왔다.

＊　　　＊　　　＊

남수단 북동부 말라칼, 수현은 수단 인민 해방 전선을 따라 이곳까지 왔다.

'얼마 남지 않았다.'

왕하오 부부의 청부를 받아 셀레나를 죽게 만든 자들, 자신의 목적을 위해선 다른 사람의 생명은 아무렇지 않게 생각하는 이들에게 수현은 받은 만큼 것처럼 철저하게 복수할 생각이었다.

그러기 위해선 가장 먼저 그들에 대한 정보를 알아야만 했다.

그래서 이번에도 많은 비용을 들여 수단 인민 해방 전선의 정보를 구했다.

그들은 말라카 동쪽 지구에 자리를 잡고 있었다.

적의 적은 친구라 하던가? 수단과 사이가 좋지 않은 남수단 정부는 공식적이지는 않지만 수단 정부에 불만을 가지고 있는 수단 인민 해방 전선의 행동을 그냥 지켜보았다.

원칙대로라면 자국에 들어왔을 때, 적국의 무장 단체이니 무조건적으로 몰아냈어야 하지만 남수단 정부는 그렇게 하지 않고 오히려 말라카 동부에 자리를 만들어 주었다.

여기에서 한 가지 좋은 점은 수현이 하려는 일 역시 널리 알려져 봐야 좋을 일이 없다는 것이다.

그래서 다른 무기들은 놔두고 소음기가 달린 권총 두 자루와 단검만 챙겼다.

그러다 보니 무장이 상당히 빈약해 보였지만 수현은 상관

없었다.

부족하면 부족한 만큼 이제는 괴물이라 해도 될 만한 자신의 신체 능력을 사용하면 그만이다.

막말로 운동선수의 신체 능력 보다 두 배 이상 뛰어난 사람이 자신이다.

인간의 신체가 단단하면서도 유연해 쉽게 제압이 힘들다고 하지만, 수현은 높은 능력치에 태권도와 쿵푸 같은 무술, 각국 특수부대들이 기본으로 배운다는 현대의 실전 무술에도 일가견이 있다.

그 능력을 오늘 밤 원 없이 풀어낼 작정이다.

이전이야 사회에 연예인으로 활동하였기에 자신의 능력을 최대한 숨겼지만, 이번 상대는 그런 배려를 해 줄 이유가 없었다.

이들에게는 오히려 없는 능력까지 가져와야 할 정도로 이 세상에 전혀 불필요한 존재들이었다.

그래서 그런 것일까? 단검의 날은 오늘따라 유난히 시리도록 빛났다.

"기다려라… 곧 너희가 그렇게 보고 싶어 하는 신을 만나게 해주겠다."

차가운 눈빛으로 단검을 바라보며 중얼거린 수현은 숙소를 은밀하게 빠져나갔다.

불빛 한 점 보이지 않는 칠흑같이 어두운 밤, 검은 그림자 하나가 수단 인민 해방 전선의 캠프로 접근했다.

하지만 경계를 서고 있는 수단 인민 해방 전선의 테러범들은 군기가 개판이어서 그런지 죽음의 그림자가 자신들에게 접근하고 있다는 것을 알지 못했다.

"하지, 자네는 안아 봤나?"

하지는 자신을 부르는 이스마엘의 말에 고개를 갸웃거렸다.

"뭘 말하는 거야?"

앞뒤 꼬리 다 자르고 물어보는데 알아들을 수가 없지 않은가.

"B동에 있는 금발 말이야."

하지는 금발이라는 말에 이스마엘이 하는 말이 무엇인지 금세 깨달았다.

"그 꼬맹이들 말하는 거야?"

"꼬맹이라니? 걔들은 충분히 남자를 알고 있는 나이야."

하지의 꼬맹이란 말에 이스마엘은 얼른 그 말을 정정하며 이야기를 이어갔다.

그런데 그늘 속에서 이 둘의 이야기를 듣다 보니 참으로 가관이었다.

아무래도 이들이 이야기하는 여자는 미성년자 같았고, 관광을 온 여학생들을 납치했거나 멋모르고 이들의 거짓말에 속은 어리석은 10대가 분명했다.

IS와 같은 테러 단체는 순진한 10대들에게 접근해 거짓으로 속여 가족을 버리고 자신들을 찾아오게 만들어 남자아이들은 세뇌를 통해 테러범으로 양성하고, 여자아이들은 테러범들의 성 노리개로 만들었다.

그 때문에 처음에는 멋도 모르고 해외여행을 공짜로 시켜주겠다는 말에 속아 중동에 왔다가 자신도 모르는 사이 지옥에 발을 들이게 되는 것이다.

"그런데 네가 B동에는 어떻게 간 거야?"

하지는 등급도 되지 않는 이스마엘이 간부들이 이용하는 B동을 언급하는 것에 놀라 물었다.

"아, 자와리 대장의 심부름으로 잠시 들어갔었는데, 와아… 확실히 우리 같은 하급 전사들이 이용하는 것들하고는 때깔부터 다르더라."

이스마엘은 자신이 보고 온 B동의 성노예들의 미모를 떠올리고는 하초가 뻐근해지는 느낌에 작게 신음을 하였다.

'개새끼들!'

그늘 속에서 이들의 이야기를 듣고 있던 수현은 속으로 욕을 했다.

이곳에 오기 전, 정보 상인들에게 들은 것이 있었다.

그래도 설마 했는데, 그 말이 사실이라는 것을 이곳에서 확인을 하게 되자 화가 났다.

그렇지만 수현은 머릿속이 차가운 얼음물 속에 들어간 것처럼 금방 냉정해졌다.

스윽.

마치 뱀이 기어가듯 아무런 소리도 없이 경계를 서고 있는 하지와 이스마엘의 곁으로 다가간 수현은 기회를 보다 하지와 이스마엘이 다른 곳을 보고 있을 때, 그들의 뒤로 접근해 목을 비틀어 소리 없이 죽였다.

너무 순식간에 벌어진 일이라 하지와 이스마엘은 자신들이 어떻게 죽는지도 모르고 그들의 신을 만나러 갔다.

수현은 두 사람을 죽이고, 멀리서 보기에 정상적으로 경계를 하고 있는 것처럼 보이기 위해 두 사람의 시체를 초소 기둥에 살짝 기대어 놓고는 다음 장소로 이동했다.

누구보다 신속하고 정확하게, 귀신이라도 따라할 수 없을 정도로 은밀하게 다음 초소에 도착한 수현은 그곳에 있는 테러범들도 조금 전 하지와 이스마엘을 처리한 것처럼 처리했다.

이 세상에 전혀 도움이 되지 않는 자들이기에 죽이는 것에 일말의 망설임이 없었다.

캠프의 외각부터 깨어 있는 이들을 하나씩 제거해 나가자 어느 순간 경계를 서고 있는 테러범들 중 살아 있는 이는 아무도 없게 되었다.

그런데 그렇게 10여 명이 수현에 의해 죽어 나가는데도 어느 누구하나 이를 눈치 채는 이는 아무도 없었다.

외각의 경비 초소를 모두 처리한 수현은 가장 가까이 있는 건물로 잠입을 시도했다.

그곳은 테러범들의 숙소였다.

자신이 들어간 곳에서 테러범들이 코를 고는 소리를 듣고 이곳이 테러범들의 숙소란 것을 확인한 수현은 들키지 않도록 조심스럽게 그곳을 빠져나왔다.

현재 자신이 지니고 있는 무장으로는 그들을 신속하게 처리할 수 없다는 판단에 작전을 변경해 테러범들의 무기 저장고를 털기로 하였다.

테러범들의 무기 저장고는 방금 전 들어간 숙소에서 얼마 떨어지지 않은 곳에 위치해 있었다.

으직!

우두둑!

무기고에도 경비를 서는 테러범이 보이자 수현은 은밀히 접근해 입을 막고 목을 비틀었다.

마운틴고릴라 이상의 힘을 가진 수현이기에 습격을 받은 테러범의 목은 수현의 힘을 견디지 못했다.

"누……."

막 테러범을 처리하고 이를 벽에 기대고 있는데, 다른 테러범이 나와 수현을 보며 소리치려 하였다.

쉬익.

수현은 막 뭐라고 고함을 치려던 테러범을 향해 허리에 차고 있던 대검을 던졌다.

"윽!"

수현이 던진 대검에 맞은 테러범은 자신의 가슴을 부여잡으며 모로 쓰러졌다.

테러범은 대검에 의해 심장이 관통당하면서 즉사하고 말았다.

"휴……."

한순간의 방심으로 자칫 일을 그르칠 뻔했다.

수현은 작은 안도의 한숨을 쉬고는 그들의 몸을 그늘진 곳에 숨기고 무기고 안으로 들어갔다.

무기고 안으로 들어간 수현은 플래시를 켜고 안을 살폈다.

내부를 살피던 수현은 깜짝 놀랐다.

수단에서 경쟁 단체에 밀려 쫓기듯 이곳 남수단으로 온 수단 인민 해방 전선이라 알고 있었는데, 무기고 내부에는 생각 이상으로 무기들이 많았다.

아직 개봉조차 하지 않은 무기 상자들이 한쪽 벽을 가득 채우며 높이 쌓여 있었다.

아무래도 최근 상부 조직인 IS로부터 지원을 받은 듯 보였다.

무기고 내부를 살펴본 수현은 필요한 것들을 챙기기 시작했다.

이들이 사용하는 총기는 미국에서 떠나기 전 연습을 했던 AK 계열이었기 때문에 사용하는데 문제가 없었다.

수현은 AK—47 세 정과 45발들이 탄창 열 개를 챙겼다.

그리고 수류탄도 가방에 되는 대로 챙겼다.

그래봐야 다섯 개 정도가 들어갔을 뿐이다.

그렇게 자동 소총과 수류탄을 챙긴 수현은 밖으로 나가려다 무언가를 발견했다.

그것은 바로 다이너마이트였다. 흔히 광산 같은 곳에서 발파하기 위해 사용되는 폭약이었는데, 아마도 급조폭발물(IED)을 만들기 위해 가지고 있는 것 같았다.

'잘됐군.'

무기고 안에는 이미 만들어진 IED가 몇 개 있었다.

수현은 입가에 차가운 미소를 지으며 그것들을 챙겼다.

혼자서 수백 명이나 되는 테러범들을 상대하려니 어떻게 상대를 할까 고민했었는데, 자신들의 무기에 당하는 것도 확실한 복수가 될 것 같은 생각이 들어 기꺼이 이를 챙겼다.

그렇게 무기를 챙긴 수현은 조금 전 나왔던 테러범들의 숙소에 다시 잠입해 무기고에서 가져온 IED를 숙소 내부

곳곳에 설치했다.

그리고 마지막으로 숙소의 출입구에 IED를 설치한 수현은 이번에는 숙소 옆 건물로 들어갔다.

그런데 이곳은 테러범들이 있는 시설이 아닌 듯싶었다.

마치 수용소처럼 늘어선 복도에 작은 창살문이 있는 방이 늘어서 있을 뿐이었다.

그것을 본 수현은 문득 떠오르는 것이 있었다.

자신이 죽인 테러범 중 이스마엘이 지껄인 말이 떠오른 것이다.

'납치된 아이들이 있는 곳인가?'

창살 너머로 작은 침대에 잠들어 있는 아이들의 얼굴이 보였지만 수현은 더 이상 다가가지 않았다.

비록 안타까운 마음이 들지만 현재 자신은 아이들을 구하기 위해 온 것도 아니고, 아이들이 불쌍하다고 해서 바로 문을 열어버리면 소란이 일 것이다.

그렇게 되면 테러범들이 잠에서 깨어날 테고, 자신은 수십 명의 테러범들을 동시에 상대해야 했다.

사방에서 총탄이 빗발치는 상황, 그야말로 아이들을 구하려다 위험에 빠뜨리는 꼴이었다.

그래서 애써 불쌍한 아이들을 외면하고 돌아서려는데, 수현을 붙잡는 소리가 들렸다.

"구해… 주세요."

어둠 속에서 수현이 테러범이 아닌 다른 사람이란 것을 어떻게 알았는지, 그냥 본능적으로 이야기한 것인지 모르지만 방 안의 아이는 수현을 가만히 올려다보고 있었다.

"조금만 참아, 일을 끝내면 구해주러 올 테니……."

그게 수현이 현재 할 수 있는 최선의 선택이었다.

테러범들을 처리하지 않고 아이들을 구하는 것은 심적으로야 편해질 수 있지만 그렇게 하는 것이 최선 아닌 최악의 상황을 맞을 뿐이란 생각에 아이를 두고 냉정히 돌아섰다.

"꼭 돌아오세요."

자신을 구해 달라던 아이는 언제 봤다고 꼭 돌아오라는 부탁을 하며 창살에 붙어 수현이 건물을 빠져나가는 것을 끝까지 지켜보았다.

수현은 건물을 나오면서 내내 찜찜한 마음을 금치 못했다.

비록 자신이 복수를 하기 위해 이곳에 왔다고 하지만, 구해 달라는 요청을 외면한 것이 못내 양심에 걸렸다.

"꼭 돌아올 테니 조용히 하고 기다려."

수현은 그렇게 다시 한 번 안에 대고 작게 중얼거리고는 다른 건물로 향했다.

'어!'

막 건물 안으로 진입하려던 수현은 건물 안에서 나오는 사람과 눈이 마주치고 말았다.

탁! 타닥!

"큭!"

경비 초소에 있던 테러범들은 제압과 동시에 모두 죽였지만, 건물 안에서 나온 테러범은 바로 죽이지 않고 제압만 해 두었다.

"여기가 수단 인민 해방 전선의 본부가 맞나?"

수현은 낮은 목소리로 물었다.

하지만 제압당한 사내는 수현의 물음에 대답하지 않았다.

"내 물음에 대답한다면 금방 죽여주겠지만, 반항을 한다면 네가 이 세상에서 생각할 수 있는 그 이상의 고통을 안겨 주마."

조금의 고저 차도 없이 내뱉는 수현의 말에 이를 듣고 있던 오마르는 순간 뒷목에 칼을 가져다 댄 것 같은 서늘함을 느꼈다.

"어디서 왔지? 미국? 델타포스? CIA? 아니면 영국인가? SAS?"

오마르는 순간 두려운 마음이 생기기는 했지만, 그도 호락호락한 인물은 아니었기에 금방 정신을 차리고 수현에게 질문을 던졌다.

하지만 수현은 지금까지 오마르가 상대해 본 그 어떤 위인과도 성격이 달랐다.

자신을 향해 차분하게 질문하는 오마르를 보며 수현은 한 손으로 그의 입을 막고 또 다른 손으로는 그의 왼쪽 새끼손가락을 잡아 관절이 움직일 수 없는 방향으로 꺾어버렸다.

"우읍!"

갑작스럽게 꺾인 새끼손가락으로 인해 엄청난 고통이 밀려들었지만, 오마르는 비명을 지를 수가 없었다.

너무도 꽉 막혀 있는 입 때문에 고통에 의한 비명은 그의 입속에서 맴돌 뿐이었다.

"질문은 나만 한다."

수현은 오마르의 질문은 관심 없다는 듯 자신이 할 말만 했다.

그런 수현의 모습에 오마르는 이제야 자신이 죽음의 신 앞에 있다는 것을 깨달았다.

"내가 묻는 말에 맞으면 눈을 한 번 깜빡이고, 틀리면 세번 깜빡여라."

수현은 그렇게 오마르를 윽박지르며 질문을 하였다.

그런 수현의 질문에 오마르는 눈앞의 사람이 보통이 아님을 깨닫고 순순히 눈을 감았다 잠시 뜸을 들인 후 떴다.

그건 알겠다는 긍정의 의미였다.

수현은 그런 오마르를 보고 사악한 미소를 지어 보였다.

*   *   *

오마르에게서 수단 인민 해방 전선의 실체를 듣고 나자 참으로 기가 막혔다.

이들이 남수단으로 이주한 이유가 경쟁자인 평화 통일 연맹이 있기도 했지만, 결정적으로 이들의 세가 이렇게 약화된 이유는 다름 아닌 내부 갈등 때문이었다.

조직 상층부의 소수만이 권력을 장악하고 있었으며 전횡을 일삼았는데, 그것이 곪아 내부에서 폭발한 것이었다.

무슬림의 해방을 떠들던 지도자들이 사실은 욕망을 위해 자신들과 가족들을 억압하고 이용했다는 것을 깨달은 하급 전사들과 중간 간부들 일부가 쿠데타를 일으킨 것이다.

이런 이야기를 들었을 때, 수현은 너무도 어처구니없었다.

아내 셀레나의 복수를 하기 위해 죽을 각오로 테러 조직을 찾아왔는데, 정작 그들은 내부 권력 다툼으로 인해 풍비박산해 있었고 조직의 일부만 남아 있었다.

그렇지만 수현은 이들이 내부 갈등으로 조직이 가루가 되었다고 해서 용서할 생각은 없었다.

이미 이곳에 오면서 이들에 대해 알아봤고, 조금 전 내부를 살피면서 본 것만 해도 이들은 살아 있어 봐야 하등의 도움이 되지 않는 존재들이었다.

그러니 자신도 이들을 같은 인간이라 보지 않고 인간의 탈을 쓴 괴물이라 보기로 했다.

그렇게 다시 한 번 마음을 가다듬은 수현은 더 이상 거침이 없었다.

오마르에게 얻을 수 있는 정보들을 다 알아낸 수현은 그와 처음 약속한 것처럼 고통 없이 그를 보내 주었다.

오마르를 처리한 수현은 마음먹은 것처럼 신속하게 일처리를 했다.

우선은 오마르가 나온 건물 안으로 들어가 모든 사람을 죽였다.

이미 건물 안에 있는 이들이 살아남을 가치가 없다는 것을 오마르에게 들었기에 남녀를 가리지 않았다.

건물 안에 있는 이들을 모두 처리하는데 들어간 시간은 그리 길지 않았다.

외부에 나간 몇몇 중간 간부들을 빼고 대부분의 지도자급 간부들이 남아 있었지만 그들의 숫자는 20명이 되지 않았기 때문이다.

원수인 수단 인민 해방 전선의 핵심 간부들을 모두 죽이고 나니 수현은 너무도 허탈한 감정이 몰려오는 것을 느꼈다.

하지만 그것도 잠시 수현은 다시 움직이기 시작했다.

꼭 돌아오라던 소녀의 말이 떠올랐기 때문이다.

조금 전 포로들이 갇혀 있던 건물로 들어간 수현은 모든 방의 잠금장치를 부서뜨렸다.

"감사합니다."

가장 먼저 풀려난 이는 처음 수현이 건물에 들어갔을 때, 구해달라며 짧게 이야기를 나눈 소녀였다.

나중에 안 사실이지만, 소녀는 폴란드 소녀로 이름은 아나이나였다.

이곳에 있는 대부분의 아이들처럼 해외여행을 시켜주겠다는 말에 속아 친구들과 터키에 갔다가 납치당해 이곳까지 오게 된 것이었다.

아나이나는 눈물을 흘리며 이곳에서 끔직한 지옥을 경험했다고 했다.

그 이야기를 들었을 때, 수현은 언젠가 다큐멘터리로 본 위안부 할머니들의 이야기가 연상됐다.

일제에 속아 강제로 일본군의 성 노리개가 될 수밖에 없던, 그리고 전쟁이 막바지에 이르렀을 때는 자신들의 전쟁 범죄가 연합군에 알려지는 것이 두려워 증거를 인멸하기 위해 위안부에 동원된 여성들을 죽이려 했다는 내용이 떠올렸다.

그와 너무도 흡사한 이야기를 아나이나에게 듣고는 자신도 모르게 소름이 돋았다.

인간이 얼마나 추악한 악마로 변할 수 있는지, 과거 제국주의가 아닌 현대에서도 그러한 일이 가능한 것이 어떤 의미인지 깨달았다.

물론, 그 생각은 이곳에 억지로 끌려온 이들을 모두 안전한 곳으로 데려다 준 뒤에 알게 될 내용이고 아직은 아니었다.

수현은 자신이 구출한 성인 여성과 여자아이들은 물론이고, 아직 세뇌가 덜되어 다른 건물에 수용되어 있는 사내아이까지 모두 구출했다.

물론 그 과정이 순탄한 것만은 아니었다.

일부 사내아이들 중에선 테러범들에게 동화돼 수현의 지시를 따르려하지 않는 이들도 있었다.

하지만 수현은 그들을 제압해 아직 세뇌가 덜 되어 가족을 그리워하는 아이들에게 감시를 맡겼다.

그러고 나서 구출한 이들을 안전하게 데려가기 위해 차량을 찾았다.

그러나 또 다른 문제가 발생하고 말았다.

자신이 구출하기는 했지만, 100여 명에 가까운 인원을 모두 실을 만한 차량은 없었기 때문이다.

이들 모두를 이곳에서 무사히 데리고 빠져나가기 위해서 수차례로 나눠 왕복한다는 것은 말도 안 되는 일이었다.

그나마 다행인 것은 구출한 사람들 중에서 몇몇이 운전을 할 수 있었다는 것이다.

수현만큼 능수능란하게 사막 위를 달릴 수 있을지 걱정이긴 했지만 모두가 동시에 수단 인민 해방 전선의 캠프를 벗어나기 위한 유일한 방법이었다.

그래서 일단은 이곳 캠프에서 테러범들이 사용하던 트럭들을 이용해 빠져나가기로 하고 차고로 향했다.

차고에 도착한 뒤에는 차량의 상태를 점검하고 차에 탈 인원들을 분배했다.

물론, 장거리를 이동해야 하기에 충분한 물과 식량, 그리고 유류를 준비하는 것도 잊지 않았다.

Chapter 10

복귀

"무슨 생각을 그렇게 하고 있어?"

이재명은 자신의 물음에 아무런 대답도 하지 않고 무언가 기억을 더듬는 듯 멍하니 앉아 어둠 속 어느 지점에 시선을 두고 있는 수현을 불렀다.

그런 이재명의 물음에 수현은 그동안 있던 일들이 주마등처럼 떠오른 것을 생각하며 슬쩍 피식 하고 웃었다.

그런 수현의 모습을 가만히 지켜보는 이재명은 예전에 자신이 알던 정수현도 나이에 비해 참으로 조숙한 모습을 보였는데, 지금 보니 더욱 노련해진 베테랑을 보는 듯하였다.

뚜렷하게 눈으로 보이는 기술적인 것이 아닌 수현의 몸에서 풍기는 이미지가 그렇다는 것이다.

또한 수현에게서 감히 함부로 접근할 수 없는 존재감도 자연스럽게 풍기고 있었다.

'음!'

이전에는 느끼지 못한 거인 같은 인상에 이재명이 속으로 작게 신음했다.

이재명은 그동안 살아오면서 다양한 사람들을 만났다.

권력을 쥐고 있는 국회의원과 장관들, 그리고 검사와 판사들도 만나 보았고, 또 다른 힘인 금력을 쥐고 있는 재벌들도 마주칠 기회가 있었다.

뿐만 아니라 연예 기획사를 운영하다 보니 폭력을 일삼는 조직폭력배들이나 제삼의 힘이라는 언론재벌들도 엮여 보기도 했다.

그중에는 정말로 자신의 진정한 힘을 쓸 줄 아는 이들도 있었고, 더러는 자신이 가진 힘이나 배경에 취해 주체하지 못하는 망종도 많았다.

그렇게 다양한 사람들을 만나면서 이재명은 점점 안목을 가다듬게 되었으며, 어떤 사람이 자신에게 도움이 되거나 위협이 되는지 느낄 수 있었다.

그런데 지금 보고 있는 수현의 나이 대에 이런 느낌을 풍기는 사람은 그동안 한 번도 보지 못했다.

수현은 마치 재벌 총수나 노회한 정치 달인들에게서나 느껴질 법한 기운이었다.

그러면서도 그들과 다른 것은 재벌 총수나 정치꾼들은 겉으로는 웃고 있지만 느껴지는 기운은 무척이나 차갑고 음습한 것인 반면, 수현은 그러한 음습함 보다는 따사로운 햇살에서 느껴지는 온화함이 느껴졌다.

그래서인지 이재명은 자신보다 한참이나 나이가 어린 수현이지만 함부로 대할 수 없는 어떤 벽을 마주한 듯했다.

"음! 음!"

이재명은 잠시 헛기침하며 시간을 벌었다.

그러고 나서 생각을 정리한 뒤, 자신이 찾아온 용건을 꺼냈다.

"언제까지 이곳에 은둔하고 있을 수는 없지 않나?"

"그렇긴 하죠. 벌여 놓은 것도 있고, 또……."

수현은 자신이 갑자기 잠적하면서 피해를 본 이들이 떠올랐다.

가장 먼저 자신이 미국에 입성해 성공하는데 적극적으로 도움을 준 울프 TV의 관계자들이 생각났다.

그다음으로는 자신과 한참 영화를 촬영하기 위해 준비하던 워너 브라더스의 임직원과 촬영 스태프, 그리고 자신을 적극적으로 지지해 주던 부르스 위너 회장이 뒤를 이었다.

또, 자신의 매니지먼트를 담당하던, 아내인 셀레나의 죽음에 자신과 함께 가장 슬퍼하던 제이미 사장이 떠올랐다.

부모님이야 걱정은 하시겠지만, 간간이 연락을 드리고 있었기에 다른 사람들에 비해선 그래도 걱정이 덜했지만, 제이미만큼은 너무도 미안했다.

계약하고 1년 조금 넘는 시간 만에 잠적을 했으니 말이다.

"그럼 돌아온다는 말이지?"

"네, 어느 정도 마음의 정리도 됐고, 또 필요한 것도 있으니……."

수현은 불 꺼진 건물의 창에 시선을 한 번 주고는 살짝 미소를 지었다.

이곳에서 수현과 함께 생활하고 있는 아이들은 모두 남수단에서 수단 인민 해방 전선에 복수를 하러 들어갔다가 구해 온 아이들이었다.

많은 아이들이 자신의 조국이나 부모의 품으로 돌아갔지만, 일부는 갈 곳이 없는 아이들도 있어 그런 아이들은 수현이 맡기로 했다.

갈 곳 없는 아이들의 경우 수단 인민 해방 전선의 테러범들로 인해 부모님과 일가친척들까지 잃거나, 너무 어려서 납치돼 자신의 고향을 기억하지 못했다.

그들은 수현이 아니면 낯선 곳에 맨몸뚱이로 남겨질 불쌍한 아이들이었다.

더욱이 수년간 테러범들에게 테러리즘에 세뇌가 된 아이

들이다.

비록 완벽하지 않은 경우도 있지만, 일단 세뇌에 들어간 이상 정신적으로 왜곡된 사고를 가지고 있을 가능성이 높았기에 그냥 풀어 주기에는 극히 위험했다.

자칫 또다시 테러범이나 반정부 조직의 전투병으로 끌려갈 수도 있었기 때문이다.

수현은 이런 아이들을 맡아 보호할 수밖에 없었다.

그래서 혹시라도 있을지 모를 테러범들의 보복을 피해 남수단이나 수단이 아니라 우간다에 자리를 잡은 것이다.

자신이야 성인이니 충분히 감당할 수 있다지만, 아이들에게 무슨 잘못이 있단 말인가.

어려서 납치가 되고 지옥과도 같은 생활을 하다 겨우 구출이 되었는데, 다시 테러범들의 위협에 노출되게 할 수는 없었다.

때문에 남수단과 접경을 맞대고 있는 우간다이긴 하지만 외부와 교류가 거의 없는 오지 마을에 와서 정착을 한 것이다.

테러 단체가 보복을 준비하고 있다는 소식이 들리면 이번에야 말로 깔끔하게 정리하기 위한 노림수였다.

다행이라면 더 이상 수단 인민 해방 전선이나 다른 테러 조직들을 걱정하지 않아도 된다는 것이었다.

사실 수현이 복수를 한 수단 인민 해방 전선은 이미 내분으로 세력이 무너진 상태에서 수현에 의해 지도자급 간부들이 모두 목숨을 잃자 세를 회복하지 못하고 뿔뿔이 흩어졌다.

그도 그럴 것이, 수뇌부들이 돈과 권력을 독점하느라 중간 간부들이라 해도 조직의 운영에 대해 아무것도 모르는 상태였고, 수뇌부라 하더라도 각자 딴 주머니를 차고 있었기 때문에 피해를 입은 조직을 수습할 방도가 없었다.

결과적으로 볼 때, 수단 인민 해방 전선이 무너진 것은 수현의 복수도 한몫 하기는 했지만, 전적으로 내부의 권력 다툼으로 인한 자중지란에 의한 것이었다.

엄밀히 말하면 다 무너진 조직이었고 얼마 안 가 와해될 것을 수현이 깔끔하게 정리한 것뿐이다.

*　　　*　　　*

"으아앙!"

"흑흑……."

"훌쩍, 훌쩍."

"선생님, 가지 마세요!"

아침부터 아이들 울음소리로 마을에 소란이 일었다.

일을 하러 나온 마을 사람들은 마을의 한쪽에 위치한 학교 앞에서 울고 있는 아이들을 가던 걸음도 멈추고 지켜보기 시작했다.

그도 그럴 것이, 몇 년 전 이곳으로 이주해 온 아시아인과 함께 정착한 20여 명의 아이와 어른들이 모두 나와 아시아인을 붙들고 있었기 때문이다.

"정 선생, 어디 가나?"

마을 촌장도 뒤늦게 소식을 듣고 학교 앞으로 찾아와 묻는다.

마을 촌장 하마드는 이주민들이 오면서 마을도 커지고, 수현이 내놓은 돈으로 인해 마을에 학교도 세워진 것에 감사하고 있었다.

또, 큰 도시와 떨어져 있어 외부의 소식을 듣기가 힘들었는데, 수현이 학교와 함께 마을에 TV와 라디오 수신기를 가져와 설치를 함으로 인해 바깥소식을 접할 수 있게 되었다.

물론 TV와 라디오를 듣기 위해선 전기가 필요하지만, 이 또한 수현이 자가 발전기를 설치해 줌으로써 마을에 전기를 공급할 수 있게 되었다.

수현이 이것들을 마을에 제공한 것은 전적으로 남수단에서 구한 아이들뿐만 아니라 처음 수단에서 인연을 맺은 하시미야 가족들과 그 이웃들이 이곳으로 이주했기 때문이었다.

한꺼번에 많은 외지인들이 마을에 찾아와 정착하겠다고

하니 마을 사람들은 거부감이 들 수밖에 없었을 것이다.

처음에는 경계를 하던 마을 사람들이었지만, 수현이 이렇게 마을 발전을 위해 많은 일들을 하며 적극적으로 도움을 주자 마음을 열기 시작했다.

이제는 이주민이라는 표현이 어색할 정도로 정착한 사람들은 마을의 일원으로 받아들여졌다.

더욱이 이 마을은 수현이 들어오기 전까지만 해도 별다른 수입원이 없어 우간다에서도 무척이나 가난한 마을이었다.

마을에서 멀지 않은 곳에 백나일강이 흐르기에 그곳에서 물고기를 잡아 일용할 양식을 구할 순 있었지만, 어쩌다 물고기가 많이 잡힐 때나 그것을 훈제해 모아 두었다가 큰 마을에 가져다 파는 것이 수입원의 전부였다.

물론 사탕수수를 키우기도 했지만, 그 면적이 얼마 되지 않아 마을 내부에서 소비할 정도일 뿐이다.

그런데 수현의 사탕수수 농장이 크게 조성됐다.

이는 수현이 자신과 함께 이곳으로 온 이주민들을 위해 조성한 것이기는 하지만 일손이 부족할 때는 마을 주민들도 임금을 주고 고용했기 때문에 마을 사람들은 새로운 수입원을 얻게 된 것이다.

그러다 보니 비록 외국인이지만 수현은 어느새 이곳 마을의 지주와 같은 위치에 있었다.

그러니 촌장도 수현의 행보에 관심을 보이는 것이 당연

스타라이프

했다.

"사정이 있어 본업을 놔두고 이곳까지 오게 되었지만, 고향에서 사람이 찾아왔네요."

수현의 이야기를 들은 촌장은 그제 수현과 만나 이야기를 나누던 이재명 시장의 얼굴이 떠올랐다.

촌장은 고개를 돌리며 주위를 살폈고, 조금 떨어진 곳에서 이쪽을 바라보고 있는 아시아인 남성을 발견할 수 있었다.

"그런 것이군……."

촌장도 살아온 세월이 있다 보니 자세한 설명을 듣지 않아도 수현에게 무언가 말 못할 사연이 있음을 짐작할 수 있었다.

"그렇지, 새가 고향을 떠나 왔으면, 때가 되면 고향으로 돌아가는 것이 자연의 섭리지."

뭔가 철학적인 내용이 담기 한마디를 한 하마드는 고개를 끄덕였다.

"또 시간나면 오도록 하게."

"물론이죠, 이곳은 제 두 번째 고향입니다."

수현은 고개를 끄덕이며 시간나면 오라는 촌장의 말에 빙그레 미소를 지으며 대답했다.

그러고는 아직까지 자신을 붙잡으며 울고 있는 아이들을 보며 이야기했다.

"선생님은 아주 가는 것이 아니야. 일을 마치면 또 올 거야."

"정말요? 저희 버리시는 건 아니죠?"

"다시 오시는 거죠?"

아이들은 수현의 말이 떨어지기 무섭게 중구난방으로 떠들기 시작했다.

"그래, 다시 올 거야. 그러니 올리비아 선생님, 하지드 선생님, 그리고 삼촌들, 언니 오빠들 말 잘 듣고 있어야 한다."

"네!"

수현의 당부에 아이들은 언제 울었냐는 듯 한목소리로 대답했다.

"하시미아와 알리는 공부 열심히 하고 있어. 선생님이 준비되면 부를 테니 그때는 대학에도 보내줄 테니까."

"네, 알겠어요."

아이들과 작별 인사를 끝낸 수현은 자신을 대신해 이곳에서 아이들을 책임질 어른들과도 이별을 고했다.

"하지드, 올리비아, 제가 다시 올 때까지 이곳 잘 부탁드립니다."

"걱정하지 마세요."

어른들과도 일일이 인사를 끝낸 수현은 비로소 이재명이 있는 곳으로 향할 수 있었다.

그러자 다시 아이들 속에서 약간의 소란이 일었지만, 이번에는 수현이 뒤를 돌아보지 않았다.

괜히 뒤를 돌아보면 소란이 더욱 커질 것을 잘 알기 때문이다.

"가시죠."

그렇게 수현은 작별 인사를 할 때까지 기다려 준 이재명 사장을 보며 말했다.

부릉.

수현과 이재명 사장이 차에 오르기 무섭게 낡은 지프 트럭은 요란한 엔진 소리를 내며 시동이 걸렸다.

"선생님! 꼭 돌아오세요!"

떠나는 수현의 뒤로 아이들은 손나팔을 만들어 수현에게 소리쳤다.

그런 아이들의 소리에 수현은 코끝이 시큰했다.

그러면서 그동안 아프리카에 와서 생긴 추억들이 마치, 영화가 끝나고 나오는 엔딩 크레디트처럼 하나둘 머리를 스쳐갔다.

*　　　　*　　　　*

수현은 복잡한 공항을 빠져나와 주변을 살폈다.

웅성웅성.

현대 문물과는 동떨어진 아프리카 오지에서 살다 돌아온 LA는 무척이나 소란스러웠다.

그런데 LA를 떠나던 5년 전에는 모든 것이 절망적이고 분노로 가득 찼는데, 그것도 시간이 지나니 모두 희석이 된 모양이었다.

"택시!"

일단 이동을 해야 하기에 택시를 잡았다.

끼익.

수현의 부름에 택시가 그의 앞에 와서 섰다.

텅!

"센트럴 LA로 갑시다."

"센트럴 LA 말입니까?"

"예, 센트럴 LA 제리슨 빌딩으로 가 주십시오."

수현은 택시 드라이버에게 자신의 목적지를 알려 주었다.

"예, 알겠습니다."

택시 드라이버는 승객의 요구에 대답하고 차를 출발시켰다.

그런데 택시 드라이버의 무덤덤한 모습에 수현은 속으로 씁쓸한 미소를 지을 수밖에 없었다.

불과 5년 밖에 지나지 않았는데, 한때 미국을 열광에 떨게 하던 자신의 이름은 이미 빛바래 잊힌 모양이었다.

한편 택시 드라이버는 수현을 태우고 목적지로 가면서 백미러를 통해 수현을 힐끗힐끗 보았다.

어디서 본 듯한 얼굴인데 누군지 생각이 나지 않았기 때문이다.

하지만 그런 행동이 수현을 더욱 비참하게 만들었다.

'5년이란 시간이 길기는 하구나……'

그렇게 목적지에 도착한 수현은 계산을 하고 자신을 알아보지 못하는 택시 드라이버를 뒤로 한 채 빌딩 안으로 들어갔다.

＊　　　＊　　　＊

그런데 수현을 황당하게 만든 것은 제이미 코퍼레이션이 입주해 있는 제리슨 빌딩 안의 사람들도 마찬가지였다.

많은 회사들이 들어서 있기에 셀 수 없을 만큼 상당한 수의 사람들이 드나들고 있는 제리슨 빌딩 안에서 수현의 곁을 스쳐 지나간 사람만도 100여 명은 넘을 것이다.

하지만 수현을 알아보고 말을 거는 사람은 아무도 없었다.

비록 수현이 선글라스를 착용하고 있다고 하지만, 혹시나하고 고개를 갸웃거리는 사람조차 하나 없다는 것이 이제는 당혹스러울 지경이었다.

띵!

제이미 코퍼레이션이 자리한 14층에 도착한 수현은 사무실 안으로 들어갔다.

"어떻게 오셨습니까?"

사무실을 들어서니 제복을 입은 키퍼가 수현을 붙들었다.

"음… 제이미 사장님을 뵈러 왔습니다."

수현은 작게 신음을 한 번 하고는 용건을 이야기했다.

"약속은 되어 있으십니까?"

키퍼는 키가 큰 아시아인이 사장을 만나러 왔다는 이야기에 살짝 인상을 찌푸리며 예약이 되어 있는지 물었다.

"예, 조금 이르지만 11시로 약속이 잡혀 있을 겁니다."

한국을 출발할 때, 자신의 도착할 시간을 미리 알렸기에 약속은 잡혀 있을 것이다.

"음……. 아! 여기 있군요. 들어가십시오."

키퍼는 메모를 확인하고는 수현의 이름을 발견한 것인지 차단기를 해체했다.

하도 사건, 사고가 많다 보니 건물 외부에만 키퍼가 있는 것이 아니라 이렇게 층에 세 들어 있는 업체마다 따로 키퍼를 고용했다.

찾아오는 손님들의 불편이 있는 것을 알면서도 이렇게 이중, 삼중으로 보안에 신경을 쓸 수밖에 없는 일이었다.

키퍼를 통과한 수현은 5년 전 회사의 오너인 제이미의 사무실이 있던 곳으로 걸어갔다.

"캐서린, 오랜만입니다."

수현은 제이미의 오랜 비서인 캐서린 브론에게 인사를 건넸다.

한창 업무를 보고 있던 캐서린은 잘생긴 동양인이 자신을 보며 친근하게 인사를 건네자 처음에는 고개를 갸웃거리다 잠시 후, 수현을 알아보고는 놀라 자리에서 벌떡 일어나며 소리쳤다.

"오 마이 갓! 오 마이 갓!"

"하하, 뭘 그리 놀라요? 제가 반갑지 않나요? 인사도 받아주지 않고."

수현은 농담을 건네며 그녀를 살짝 안았다.

"공항에서 바로 오느라 선물이 없네요, 미안해요. 다음에 제가 점심을 사는 것으로 대신 할게요."

수현은 캐서린을 향해 그렇게 농담을 건넸다.

"수현, 이제 정리가 다 된 건가요?"

캐서린은 수현이 5년 동안 떠난 것을 아내인 셀레나를 잃고 방황하느라 그런 것으로 알고 있었다.

이는 대외적으로 제이미가 그렇게 알렸기 때문에 대부분의 사람들이 그렇게 알고 있는 것이다.

"네, 이제는 셀레나를 놔줄 때가 되었다고 생각해서 이렇게 돌아왔어요."

셀레나라는 이름이 언급이 되자 살짝 말이 떨리기는 했지만 이제는 5년 전 같이 마냥 슬프거나 화가 나지 않았다.

"아참! 잠시만 기다려요."

캐서린은 얼른 인터폰으로 제이미에게 수현이 왔음을 알렸다.

띠!

"사장님, 정수현 씨가 도착했습니다."

인터폰에 대고 보고를 한 캐서린은 다시 수현을 보며 미소를 지어 보이며 말했다.

"들어가 봐요. 아침부터 기다리고 있었으니까."

"고마워요."

쪽!

수현은 중년의 캐서린에게 고맙다는 인사와 함께 볼 키스를 해주고는 사무실 안으로 들어갔다.

"어머나… 정말로 털고 일어났나 보네?"

5년 전에는 아무리 친해도 이런 장난을 하지 않던 수현이었다.

그런데 아내를 잃고 실의에 빠져 모든 것을 등지고 떠난 수현이 5년 만에 돌아와서는 전혀 다른 모습을 보여 주고 있었다.

물론 캐서린은 그것이 싫지 않았다.

이성적으로 자신과 수현은 격이 맞지 않는다는 것을 잘 알지만, 동서양을 떠나 노소를 떠나 잘생긴 미남이 자신에게 친근함을 표시하는데 싫어할 여자가 어디 있겠는가.

더욱이 한때는 결혼하고 싶은 남자 랭킹 1위, 가장 섹시한 남자 랭킹 1위에 동시에 오른 기록 중 유일한 아시아인 남성이었다.

캐서린이 보기에 5년이란 세월이 흘렀지만, 수현의 매력은 떨어지기는커녕 오히려 더욱 숙성된 듯한 진한 수컷의 향기를 풍기고 있었다.

＊　　＊　　＊

수현이 자신의 사무실로 들어오는 것을 기다리던 제이미는 수현이 안으로 들어오기 무섭게 그의 몸을 꽉 안았다.

중간에 연락을 주고받기는 했지만, 그래도 직접 눈으로 수현이 무사하다는 것을 확인하니 안심이 되었다.

비록 비즈니스 관계라고는 하지만 제이미에게 셀레나나 수현은 다른 연예인과는 조금 다른 관계였다.

특히, 셀레나는 비록 혈연으로 이어진 관계는 아니지만 제이미에게 딸과 같은 존재였다.

셀레나 역시 할렘의 시궁창보다 더 지저분한 연예계에서 믿고 의지할 수 있는, 가족과도 같은 존재가 제이미였기에 두 사람은 정말이지 아버지와 딸과 같은 관계였다.

아니, 어려서부터 연예계 일에 종사한 셀레나는 피를 물려준 친아버지보다 더 함께한 시간이 많은 제이미를 아버지라고 생각했다고 해도 과언이 아니었다.

그러했기에 셀레나는 결혼한다는 소식을 가족들보다 제이미에게 먼저 알렸을 정도다.

그러니 셀레나가 사고로 명을 달리했다는 소식을 접하고 뒤늦게 그 사고가 단순한 교통사고가 아닌 살인 청부에 의한 계획된 사고라는 소식을 접했을 때, 수현 못지않게 분노하고 슬퍼하던 사람도 셀레나의 가족이 아닌 제이미였다.

그녀의 가족들은 장례식이 거행될 때까지는 슬퍼했을지 모르지만, 장례식이 끝나고 셀레나의 유산에 대한 상속 문제로 넘어가자 태도가 일변했다.

변호사의 유언장이 낭독되고 셀레나의 유산에 대한 분배가 끝나자 뒤도 돌아보지 않고 자리를 떠났다.

어느 한 사람이라도 그녀의 죽음에 대한 진실을 알고 싶다며 자리에 남지 않았다.

셀레나의 매니저인 올리비아만이 함께 있어 주지 못하는 것에 안타까워했을 뿐이다.

그리고 제이미만이 셀레나의 죽음이 사고가 아닌, 청부에 의한 사건이란 것을 들었다.

분노한 제이미는 수현의 요청에 기꺼이 도움을 주었다.

그 과정에서 엄청난 금전적 손실이 있었지만 개의치 않았다.

스타라이트

촬영하기로 한 드라마나 영화가 수현으로 인해 차질이 빚어지면서 소송이 벌어질 뻔했지만, 제이미의 신속한 조치로 큰 손실 없이 넘어갔다.

그리고 방송국이나 영화 제작자들 또한 수현의 상황과 관계를 생각해 소송 없이 손실된 비용을 처리하는 선에서 합의를 보았다.

덕분에 수현은 다시 할리우드에 복귀할 수 있는 길을 남겨 놓을 수 있었다.

"셀레나에게는 갔다 왔나?"

"아니요, 그냥 공항에서 바로 여기로 왔습니다."

"아니……."

"셀레나도 이해해 줄 겁니다."

비록 비즈니스 관계이지만 수현과 제이미는 그런 것을 떠나 일보다는 우선 5년이나 밀린 이야기들을 나눴다.

제이미는 위성 전화로 간단하게 사건 경과를 보고 받듯 간단하게 듣고만 넘겼는데, 직접 마주하니 더 많은 것이 궁금하고 듣고 싶어졌다.

"그래, 그 중국 놈들은 결국 자신들이 저지른 일로 인해 다른 사람 손에 의해 죽었다는 건가?"

"네, 그런 것을 한국에선 인과응보라 합니다."

"인과응보?"

"예, 자신이 행한 대로 나중에 돌아온다는 의미이지요."

중국에서의 일과 수단, 남수단까지 쫓아가 마지막 원수들을 처리한 일, 그곳에서 구출한 아이들과 수단에서 인연을 맺은 하시미야 남매의 이야기 등 그동안 일어난 일들을 한동안 쉬지 않고 이야기했다.

주거니 받거니 떠들다 보니 점심시간이 훌쩍 지났다.

하지만 이들은 배가 고픈 줄도 모르고 계속해서 대화에 심취했다.

"그런데… 이제부터 어떻게 할 텐가?"

제이미는 수현의 눈을 지그시 쳐다보며 물었다.

돌아왔다는 것은 다시 시작할 마음이 있다는 것일 터이니 앞으로의 계획을 물어보는 것이다.

무엇을 물어보는 것인지 알 수 있는 수현도 빙그레 미소를 지어보이며 대답을 하였다.

"당연한 것 아닙니까? 다시 시작해야죠."

다시 시작하겠다는 수현의 대답에 그럴 것이란 짐작은 했지만, 그가 연예계를 떠난 지 벌써 5년이나 흘렀다.

그동안 연예계에는 많은 변화가 있었다.

스타를 원하는 팬들은 별이 사라지자 다른 별을 찾았다.

수현이 5년 전 불행한 사건을 겪고 잠적하자 많은 사람들이 걱정과 우려를 했다.

하지만 갈대와 같은 팬들의 마음은 수현을 대신할 또 다른 스타에게 고개를 돌리고 열광했다.

몇 달, 1년, 그리고 무려 5년이나 잠적한 수현을 기억하는 팬은 그리 많지 않을 것이다.

더욱이 수현은 미국 태생도 아니고, 원래 할리우드에서 데뷔한 스타도 아니다.

게다가 장기간 활동한 연예인도 아니었다.

아시아인으로 미국에 진출해 불과 2년간 활동한 벼락 스타였다.

물론 그 과정이 너무 엄청나 짧은 기간에 자리를 잡고 슈퍼스타가 되었지만, 폭죽의 불꽃이 화려하듯 수현이 잠적하자 그 인기도 금방 사그라졌다.

그러니 제이미로서는 어떻게 시작을 해야 할지 난감했다.

"우선… 노래를 부르고 싶네요."

수현이 제이미를 찾아오기 전 한국에서 이재명과 많은 논의를 했다.

이재명의 생각은 수현이 연기로 많은 인기를 얻기는 했지만, 그 기반은 어디까지나 아이돌 가수로서 인기를 기반으로 한 것이란 말이었다.

생각해 보니 그 의견도 맞는 듯했다.

처음 수현이 미국에서 인기를 얻은 것은 LA 동물원에서의 선행 덕분이었지만, 그 이전에 수현은 K—POP 스타로 알려져 있었다.

그리고 지금은 톱스타가 된 존 존스의 앨범의 타이틀곡을 작곡한 것도 한몫했다.

즉, 음악으로 먼저 미국인들에게 인식된 뒤, 그다음으로 선행이 알려지고 연기자로서 실력도 인정받으며 스타가 되었다.

더욱이 영화나 드라마는 끝이 좋지 못했기에 바로 들어가는 것은 부담이 될 수 있었다.

그리고 수현도 3년 동안 아프리카에서 허송세월을 보낸 것은 아니었다.

아이들을 돌보면서 마음의 안정을 찾기 위해 시간이 날 때마다 음악 작업을 계속했다.

"노래라……."

"일단 싱글을 하나 내고 반응을 보는 것으로 하죠."

"뭐, 그것도 좋은 생각이야."

싱글 앨범이라는 말에 제이미가 고개를 끄덕였다.

"그럼 어디서 작업을 할 텐가?"

제이미는 싱글 앨범 작업을 어디서 할 것인지 궁금했다.

"집에서 하죠. 작업실을 좀 손 보면 금방 작업을 할 수 있을 겁니다."

5년이나 방치해 어떻게 되었을지는 모르겠지만, 조금만 정리하면 충분할 것이란 생각이었다.

"그거라면 올리비아가 그동안 관리하고 있었으니 바로 사용할 수 있을 거야."

"그래요?"

수현은 깜짝 놀랐다. 셀레나의 매니저이던 올리비아가 자신이 없는 기간 동안 집을 관리하고 있었다니 놀랄 일이었다.

"자네 못지않게 올리비아도 셀레나를 잃고 마음고생이 심해서 휴가를 주었더니 그러고 싶다고 해서 말이야."

미국인으로서는 좀처럼 그런 일이 없는데, 올리비아도 셀레나와의 인연을 쉽게 떨쳐 낼 수 없던 듯싶었다.

"알겠습니다. 그럼 그렇게 하는 것으로 하죠."

"그래, 컴백은 이쪽에서 알아서 준비하도록 하지."

"네, 그럼 제이미만 믿고 갑니다."

"저녁을 함께하고 싶지만 선약이 있어서 미안하군."

자리에서 일어나는 수현을 보며 제이미는 아쉬운 듯 섭섭한 표정을 지어 보였다.

"아닙니다. 또 들를 곳도 있고……."

수현은 들를 곳이 있다는 말로 저녁 식사를 다음 기회로 미루고 밖으로 나왔다.

*　　　*　　　*

오후 6시, 해는 수평선 너머로 떨어졌지만 아직 어둠이 내려오지 않은 시각이었다.

LA 교외 공동묘지를 찾은 사람들이 묘지를 떠나고 있을 때, 반대로 그곳을 찾은 한 사람이 있었다.

큰 키에 선글라스를 착용한 잘생긴 남자였다.

묘지를 빠져나가는 사람들은 잠시 가던 길을 멈추고 자신의 옆을 지나가는 그를 쳐다봤다.

하지만 사람들의 행렬을 거슬러 가는 수현은 자신에게 쏠린 시선을 의식하지 않고 목적지로 걸음을 옮길 뿐이었다.

한참을 걸은 수현은 자신 때문에 억울한 죽음을 맞은 아내, 셀레나의 무덤 앞에 섰다.

생전에 그녀가 좋아하던 붉은색 장미 한 다발을 그녀의 무덤에 올렸다.

그런데 그녀의 무덤에는 조금 시들기는 했지만 자신이 가져온 것과 다른 장미가 놓여 있었다.

'누가? 혹시 올리비아가?'

자신보다 먼저 장미꽃을 가져다 둔 사람이 누군지 생각해보다 문득 셀레나의 매니저이던 올리비아가 생각났다.

자신을 빼고 셀레나에게 가족이라 말할 수 있는 사람들은 이곳 LA에 살고 있지 않기 때문에 그녀의 가족이 가져다 두었다고 생각하기는 어려웠다.

그녀가 죽은 지 5년이나 지났는데, 유산 상속을 받고 냉정히 돌아선 가족들이 이곳까지 찾아와 꽃을 놔뒀다고 생각하긴 힘들었다.

그렇다면 자신을 빼고 그녀의 무덤에 꽃을 가져다 둘 사람은 얼마 없었다.

하지만 지금은 그런 생각을 하기보다는 이곳에 온 목적이 먼저였다.

그래서 수현은 고개를 한 번 좌우로 흔들어 다른 잡념들을 떨쳐 냈다.

"셀레나, 오랜만이야… 그리고 미안……."

수현은 혼자서 셀레나의 무덤을 내려다보며 5년 동안 이곳을 찾아오지 않은 이유에 대해 떠들기 시작했다.

한참을 그렇게 자신이 중국과 아프리카에서 겪은 일들과 자신이 한 일들을 보고하듯 하나둘 꺼내 놓았다.

"다시 시작하려고 해… 다음에 만날 땐 웃을 수 있도록 재미있고 즐거운 소식들만 가져올게."

한 시간여를 그렇게 혼자 떠들던 수현은 다시 오겠다는 이야기를 남기고 그곳을 떠나 5년간 비워둔 자신의 집으로 향했다.

*   *   *

태평양이 보이는 말리브 저택 중 한 곳의 정문 앞에 택시 한 대가 정차했다.

텅.

"수고하셨습니다."

택시에서 내린 사람은 수현이었다.

수현은 택시에서 내려 자신의 집을 한 번 훑어봤다.

"아!"

그러고 나서 짧은 감탄성을 지르며 한동안 그 자리에 서 있었다.

달빛 조명을 받으며 그 아래 자리 잡고 있는 저택을 보니 무언가 마음을 보듬어 안는 듯한 느낌에 감동을 받았다.

비록 사랑하는 아내의 모습은 없지만, 그래도 자신이 집에 돌아왔다는 감정은 말로 표현하기가 힘들었다.

딸깍.

문을 열고 안으로 들어간 수현은 5년이란 시간이 지났어도 잘 관리된 집의 상태에 도저히 주인 없이 장기간 방치됐다는 느낌을 받을 수 없었다.

'돌아왔다······.'

현관에 들어서서 안도감을 느끼며 주변을 살피다 응접실 정면에 걸려 있는 자신과 셀레나의 사진에 시선이 꽂혔다.

특히, 수현의 시선을 사로잡은 것은 바로 셀레나의 사진 이었다.

수현이 집으로 돌아온 것을 반기기라도 하는 것처럼 밝게 미소를 짓고 있는 셀레나의 사진은 문득 그녀를 보고 싶다는 생각을 들게 만들었다.

[잘 다녀왔어요? 힘들지는 않았어요?]

마치 그녀의 목소리가 들리는 듯했다.
'아!'
수현은 자신의 머릿속을 스치는 심상에 혹시나 이 느낌이 사라질까 두려워 모든 것을 내팽개치고 서둘러 작업실로 뛰어갔다.

에필로그

수많은 사람들이 LA 센트럴 빌딩 1층 로비에 모였다.

웅성웅성.

와아!

팝콘 TV에서 아침 방송을 하기 전 금주의 인기 있는 신곡을 생방송 라이브로 들려주기 때문이다.

이른 아침인데도 많은 팬들이 곡을 듣기 위해 몰려들었다.

그건 바로 무려 5년 만에 돌아온 스타를 보기 위해서였다.

신혼의 단꿈을 꿀 때, 불행한 사고로 사랑하는 아내를 잃고 방황하다 오랜만에 팬들의 곁으로 돌아온 '마스터 현'을 보려고 팬들이 모였다.

물론 그것만이 이유는 아니었다.

5년 만에 돌아온 스타가 복귀와 동시에 발표한 신곡은 사람들의 가슴을 울렸다.

사랑하는 사람을 잃었거나 피치 못할 사정으로 헤어진 경우, 미련이 남아 생각만 해도 아련한 사랑을 추억하는 사람이라면 수현이 발표한 신곡을 듣고 눈물을 흘리지 않을 수 없었다.

싱글 앨범 발매와 동시에 차트 76위에 오르더니, 겨우 한 주가 흐른 뒤에는 무려 30위나 껑충 뛰어 오르면 36위에 자리 잡았다.

뿐만 아니라 수많은 너튜버들이 앞다투어 수현의 신곡을 커버곡으로 사용해 영상을 찍어 너튜브에 올리는가 하면, 신세대 가수들은 자신의 SNS 계정을 이용해 수현의 신곡에 대해 호평했다.

마치, 하나의 놀이처럼 앞다퉈 동영상을 만들어 올리는 통에 연일 검색 순위에 수현의 신곡이 올라가는 기염을 토했다.

그리고 수현의 신곡은 미국은 물론이고, 유럽과 한국, 일본 등 아시아를 넘어 음악 차트의 순위를 매기는 프로그램이 있는 나라라면 어디나 차트 상위에 올랐다.

수현이 처음 세계 연예계에 등장했을 때도 깜짝 등장을 한 뒤 짧은 시간에 슈퍼스타로 거듭났다.

여담으로 사라질 때도 순식간이긴 했지만, 이번 컴백도 처음처럼 번개같이 번쩍하며 나타나 음악 차트를 휩쓸기 시작했다.

그러다 보니 팬들은 다시 5년 전 수현 바이러스에 감염되어 열광하던 것처럼 이번에도 그의 이름을 목청 높여 소리치기 시작했다.

"현! 현! 현! 현!"

누구의 입에서 먼저 시작이 된 것인지 알 수 없지만, 순식간에 로비는 물론이고, 센트럴 빌딩으로 들어오지 못해 입구 정원에 운집해 있던 팬들까지 그 소리에 맞춰 수현을 연호했다.

린다 파커는 수현을 연호하는 팬들을 뒤로하고 쇼를 진행하기 위해 마이크를 잡았다.

"팝콘 TV 이번 주의 히트송 리포터, 린다 파커입니다."

하지만 팬들의 목소리가 너무도 커 제대로 진행을 할 수가 없었다.

"린다! 도저히 안 되겠어! 그냥 미스터 현을 불러!"

얼마나 목청이 큰지 리포터의 마이크로도 팬들이 소리 지르는 것만 잡힐 지경이었다.

정상적인 촬영이 힘들겠다는 판단 아래 PD는 진행을 맡은 린다 파커에게 어서 수현을 등장시키라고 주문했다.

린다 파커 역시 현재 현장이 정상적으로 쇼를 진행하기 힘들다고 판단했기에 망설임 없이 수현을 소개하는 순서로 바로 넘어갔다.

"미스터 수현이 부릅니다. Hello!"

린다 파커는 급하게 소개를 하고 자리를 빠져나갔다.

원래라면 노래를 부를 가수가 나와 간단하게 인터뷰를 하고 노래를 하겠지만 오늘은 도저히 그럴 수가 없었다.

자칫 시간을 끌었다가는 사고가 발생할 것처럼 현장의 반응이 격했기 때문이다.

전주가 흐르고 운집한 인파의 한쪽이 갈라지며 그곳에서 마이크를 든 수현이 걸어 나왔다.

와아!

수현의 등장에 팬들은 일제히 환호했다.

하지만 수현은 그런 팬들의 환영에 밝게 미소를 지으면서도 검지 하나를 펴고 입가에 가져다 댔다.

조용히 해달라는 그 표현에 언제 그랬냐는 듯 현장은 일순간 쥐 죽은 듯 조용해졌다.

"안녕? 나야."

마치 통화를 하듯 자연스러운 수현의 음성이 들리고 팬들은 그것을 흔들리는 눈빛으로 지켜보았다.

여보세요. 내 목소리가 들려?

나는 우리가 함께 있기를 꿈꾸던 캘리포니아에 있어.

네가 좋아하던 말리브의 해변과 뜨거운 태양

부서지는 파도와 서핑 보드

여보세요. 어떻게 지내?

나는 우리가 함께 있기를 꿈꾸던 캘리포니아에 있어.

네가 떠난 후 난 많이 힘들어 너와 함께한 추억을 찾아 다녀!

부서지는 파도와 서핑 보드

*　　　*　　　*

카리브해 푸에르토리코의 한 무인도.

일단의 사람들이 해변에 초췌한 얼굴로 쓰러져 있다.

"족장님, 배고파요……."

여성 아이돌 그룹 아프로디테의 비주얼을 담당하는 최송희는 그동안 여성 아이돌로서 살아남기 위해 숨겨 오던 본인의 성격을 그대로 보여 주었다.

팬들에게 요정의 신비감을 줘야 한다는 생각에 그동안 내숭을 떨었지만, 배고픔에는 아이돌이고 뭐고 없었다.

그리고 그건 비단 최송희만의 일이 아니었다.

김정만의 정글 라이프에 출연하는 44기 정만족 대부분이 최송희와 다르지 않았다.

하지만 최송희와 다른 부족원들이 배가 고프다고 투정해도 김정만은 부족원들의 요구를 들어줄 수가 없었다.

그 이유는 바로 얼마 전 다른 프로그램을 진행하던 도중 부상을 당해 제대로 된 활동을 할 수 없었기 때문이다.

원래는 지금도 병원에서 치료를 받아야 할 상황이지만, 이 프로그램은 자신의 이름을 걸고 하는 것이었고, STV에서도 심혈을 기울이는 예능이었다.

그렇기 때문에 부상에도 불구하고 무리를 하지 않는다는 약속 하에 촬영에 동참했다.

그리고 이러한 사정을 부족원들도 잘 알기에 초반에는 부족원들이 김정만을 위로하며 자신들을 믿어보라며 단합된 모습을 보여 주었다.

하지만 자연이란 것이 사람의 의지만으로 극복할 수 있는 것이 아니었다.

촬영지인 이곳에 도착할 때만 해도 멀쩡하던 일기가 갑자기 급변해 이들을 덮쳤다.

솔직히 날씨가 아예 촬영을 할 수 없을 정도로 최악이라면 철수라도 할 터인데, 촬영을 못할 정도는 아니라는 것이 문제였다.

첫날 그럭저럭 날씨가 좋아 비바람을 막을 셸터를 만들지

못했다면 아마 이들 중 절반 이상은 감기에 걸렸을 것이다.

그러고 나서 막 먹을 것을 구하기 위해 준비를 하던 중 갑자기 비가 쏟아지기 시작하더니 벌써 3일째 쉬지 않고 퍼붓는 상황이었다.

그 때문에 이들은 아무것도 먹지 못하고 쫄쫄 굶었다.

그러니 비주얼 여신이라 불리던 최송희도 로열 가드 이후 최고의 남자 아이돌 그룹으로 불리는 아이즈원의 멤버 최승혁도 방송에서 보여주던 뽀송뽀송한 모습은 보여주지 못하고 꾀죄죄한 모습으로 족장인 김정만만 쳐다보고 있다.

"하아… 미치겠네."

김정만도 지금 상황에서는 어떻게 할 만한 것이 없었다.

몸이라도 정상이었다면 위험을 무릅쓰고 비 오는 바다에 뛰어들어 물고기라도 잡아보련만 비가 내리면서 몸 상태가 더욱 악화되고 있어 이러지도 저러지도 못하고 있었다.

"정만이 혀엉!"

김정만이 한참 어떻게 해야 할지 고민하고 있을 때, 저 멀리서 누군가 소리를 지르며 다가오는 사람이 있었다.

비가 내리는 와중에 터프하게 그냥 비를 맞으며 걸어오는 사람을 보며 정만족은 고개를 갸웃거리며 그 사람을 바라봤다.

"정만이 형!"

김정만은 자신의 이름을 부르며 다가오는 사람의 목소리

를 듣고 깜짝 놀랐다.

"어? 수, 수현이 아니야?"

"어머!"

김정만의 수현이란 말에 주변에 있던 정만족들이 깜짝 놀라며 자리에서 일어났다.

현재 세계에서 가장 핫한 사람이 바로 정수현이었기 때문이다.

그리고 이곳에 있는 이들 중 아이돌 가수는 물론이고, 이제 몇 차례 TV에 얼굴을 보인 신인 연기자들이라도 수현의 존재는 전설이기에 놀라 자리를 박차고 섰다.

더욱이 할리우드에서 잘 나가는 톱스타인 정수현이 국내 예능에 나온다는 것은 상상도 못할 일이기에 놀란 정도가 더욱 컸다.

"형님, 그동안 잘 계셨습니까?"

"어, 어? 그래, 그런데 네가 여긴 어쩐 일이야?"

김정만은 자신을 보며 반갑게 인사를 하는 수현을 보며 얼떨떨한 표정으로 인사를 받으며 물었다.

"아니, 어쩐 일이라뇨? 형님이 SOS 치지 않았습니까? 도와 달라고……."

수현은 정만의 질문에 눈을 동그랗게 뜨며 되물었다.

사실은 이랬다. 김정만은 이번 정글 라이프 촬영 전 사고를 당하는 바람에 누군가 자신을 대신할 사람에게 도움을 청해야만 했다.

정글 라이프가 일반 예능과 다르게 조금은 위험한 장면도 있고, 리얼리티를 강조하다 보니 출연자들에게 무척이나 힘든 프로였다.

그렇기에 아무나 섭외를 할 수가 없어서 그동안 정글 라이프를 거쳐간 멤버들 중 자신을 대신하기에 충분한 멤버를 찾아 연락을 했지만 대부분 거절했다.

전 멤버들은 자신의 실력이나 체력 등이 남들보다 떨어지지 않는다고 자부하는 만능 예능인들이었지만 프로그램의 간판인 김정만을 대신하는 것은 아니라 생각했고, 부족원을 이끌어야 한다는 것에 부담을 느꼈다.

다만, 수현만이 스케줄이 허락한다면 가능하다는 답변을 했다.

그러나 김정만은 그 말을 완곡한 거절이라 생각했다.

그도 그럴 것이, 수현이 얼마나 바쁜 스케줄을 따라 움직이는지 빤히 알고 있었기 때문이다.

게다가 더 큰 문제는 막상 수현이 촬영에 참여를 한다고 해도 출연료를 감당할 수 없다는 것이었다.

그래서 말은 꺼내 봤지만 참여할 수 없다고 판단했다.

그건 다른 사람들도 모두 같은 생각을 하고 있었다.

그런데 느닷없이 수현이 떡하니 나타났으니 놀랄 노 자였다.

"뭐부터 하면 됩니까?"

수현은 등에 메고 있던 배낭을 내려놓고는 김정만을 보며 물었다.

"그, 그럼, 일단 먹을 것 좀 구해 와라. 우리 첫날 여기 도착해서 지금까지 3일 동안 아무것도 먹지 못하고 쫄쫄 굶고 있어."

김정만은 수현이 물어보자 필요한 것을 얼른 말했다.

생각해 보니 참으로 공교로웠다.

8년 전 수현과 함께 정글 라이프를 촬영할 때도 날씨가 이렇게 좋지 못했다.

그런데 수현은 그런 악천후 속에서도 부족원들이 먹을 수 있는 먹을거리를 구해왔다.

아니, 역대 최고로 그 어느 때보다 푸짐한 식사를 했다.

'어쩌면……'

김정만은 아픈 것도 잊고 기대에 찬 눈으로 수현을 쳐다보았다.

그리고 그건 비단 김정만뿐만 아니라 다른 부족원들 또한 마찬가지였다.

"알겠습니다. 작살은 있죠?"

초췌한 부족원들을 보니 일단 뭐라도 먹여야 할 것 같기는 한데, 육지에서 먹을 것을 찾아다니는 것은 이런 날씨 속에서는 힘들고, 시간도 오래 걸릴 것 같았다.

그래서 일단 상황이 좋지 않지만 바다로 나가보기로 한 것이었다.

그렇게 작살 하나와 수중 랜턴을 들고 나간 수현은 정확히 한 시간 뒤 손에 커다란 물고기 세 마리를 작살에 꿰어 돌아왔다.

"와! 단장님 만세!"

"정수현 만세!"

물고기를 잡아 온 수현을 보며 최송희를 비롯한 44기 정만족 부족원들은 예전 별명인 기사단장을 연호했다.

〈『스타 라이프』完〉